Von Vollmond zu Vollmond

Abenteuer als Granny Aupair

von

Ingeborg Treml

Bibliografische Information der Deutschen Nationalbibliothek: Die Deutsche Nationalbibliothek verzeichnet diese Publikation in der Deutschen Nationalbibliografie; detaillierte bibliografische Daten sind im Internet über dnb.dnb.de abrufbar.

Layout und Satz: Maria Karwinsky
www.verlagsallianz.de

Coverfoto: Ingeborg Treml

Herstellung und Verlag:
BoD – Books on Demand,
Norderstedt

ISBN: 9783758382154

Vorwort

Als meine ältere Tochter nach dem Abitur nicht wusste, was sie studieren sollte, beschloss sie, zunächst eine au pair -Tätigkeit in Frankreich auszuüben. Da ich schon einiges – leider auch Unangenehmes – über das Verhältnis fremde Familie/au pair Mädchen gehört hatte, empfahl ich ihr, die Stelle nicht privat zu suchen, sondern über die Caritas in Regensburg.

Sie wählte die Stadt Marseille, wo ein junges Ehepaar einen einjährigen Sohn betreut haben wollte.

Um ihr den Einstieg zu erleichtern, verabredeten wir mit der Familie, dass ich sie begleiten und zwei, drei Tage dort wohnen dürfte. Als ich den Jungen sah, wäre ich am liebsten sofort selbst dort „eingestiegen".

Nach einem Schicksalsschlag entschied ich mich, genau so etwas zu machen, aber nicht in Europa, sondern möglichst weit weg. Die Hamburger Agentur, die solche Stellen vermittelte, hatte damals gerade erst angefangen und noch nicht viele Angebote. Für mich blieb quasi nur Peking übrig. Und so begann ich einen E-Mail-Austausch mit der Familie, die zwei Kinder hatte und deren Mutter ein drittes erwartete.

Als ich im Dezember 2013 abreiste, war vereinbart, dass ich genau drei Monate bleiben sollte; ich hatte mir auch ausgebeten, jederzeit heimfliegen zu dürfen, sollte mein damals 86jähriger Vater schwer erkranken und meine Hilfe brauchen.

Wer immer sich für eine solche Tätigkeit entscheidet, sollte sich klar machen, dass das keine Art Urlaub ist, sondern eine sehr verantwortungsvolle Arbeit; gerade, wenn man ein weit entferntes Zeil wählt, ist man nahezu komplett abhängig von der Familie, denn die Agentur übernimmt nur die Vermittlung, nicht irgendeine Haftung oder Garantie. Auf alle Fälle braucht man eine Haftpflichtversicherung, die schützt, wenn unter der Aufsicht der Granny (Großmutter) den Kindern etwas passiert.

Ni hao (hallo) aus Pe-Chinesien

1. Kapitel

‚Ich packe meinen Koffer und ….' komme fast nicht dazu, denn viele liebe Freunde wollen sich von mir verabschieden und mir Glück wünschen für meine Reise, die so ganz anders sein wird als alle vorhergehenden, und den vergleichsweise langen Auslandsaufenthalt im fernen China, ja mitten drin in der riesigen Metropole Peking. Die Stadt ist mir nicht unbekannt, da ich vor wenigen Jahren als Tourist mit einer Reisegruppe im Frühling dort war, aber das ist doch eine ganz andere Situation als wenn man als Kindermädchen im Großmutteralter dort hinkommt.

Als ich am späten Abend (der Flug von München nach Peking geht erst am nächsten Abend, aber bis wir ‚aus dem Woid' in der Landeshauptstadt ankommen, vergehen einige Stunden) doch fertig werde und glaube, alles unbedingt Nötige im Koffer zu haben, stelle ich beim Wiegen fest, dass es 27kg sind, d.h. 4kg zu viel! Ach Du Schreck, was soll ich jetzt herausnehmen?

Bademantel, ein paar T-Shirts, zwei Hosen bleiben da – ein paar Sachen müssen ins Handgepäck, aber da siehts auch düster aus, denn hier ist mein riesiger Medikamentenvorrat verstaut.

Ich arbeite mich langsam, aber stetig auf 22,??kg zurück und hoffe, dass es am Check-in-Schalter der Lufthansa keine Probleme geben wird, denn man hat mir dringend geraten, das Limit von 23kg nicht zu überschreiten – man müsse nicht das überzählige Gewicht bezahlen, sondern gleich einen Pauschalpreis von über 100€.

2. Kapitel

Am Morgen bin ich überrascht, wie gut ich geschlafen habe. Eine liebe Freundin hat mir angeboten, mich bis zur ersten Umsteigestation zu fahren, damit ich meinen Monsterkoffer nicht oft heben muss. Nach nur einer Zugfahrt werde ich von den nächsten Freunden am Bahnsteig empfangen und zum Flughafen chauffiert. So einen Service gibts sonst nicht! Zu dritt ‚checken wir ein', d.h. versuchen wir, den vollautomatischen Check-in zu machen – nicht nur die Bordkarte mithilfe des Passes auszudrucken, sondern auch das Gepäck zu wiegen und aufzugeben. Die Waage zeigt 23kg! Na, ist das nicht klasse? Als Kai das Band ‚Peking' um den Koffergriff befestigt, hoffen wir alle, insbesondere ich, dass er auch mit mir dort landet. Etwas unheimlich ist dieses ‚unbemannte Einchecken' ja schon!

Es ist noch Zeit, also spazieren wir über den Wintermarkt, essen und trinken noch was Bayrisches, das es für mich ja lange nicht mehr geben wird, bis dann doch die Stunde des Abschieds schlägt.

Nach der Tragflächen-Enteisung beginnt der 9 ½ stündige Nachtflug. Obwohl das dem Tagesrhythmus entsprechen müsste, kann ich – wie immer – nicht einschlafen, sondern nur vor mich hin dösen. Auch das Fläschchen Wein zum Abendessen verfehlte seine gewünschte Wirkung. Der Zeitunterschied beträgt 7 Stunden, und so komme ich wie geplant gegen 13 Uhr Ortszeit in Peking an.

3. Kapitel

Nach den Einreiseformalitäten nehme ich ziemlich geschlaucht nach der langen Sitzerei - meinen Koffer vom Band und gehe in die Halle hinaus. Die Spannung wächst: werden sie da sein? Was mache ich, wenn nicht? Aber kaum habe ich die ersten Meter hinter mir, sehe ich die vier Familienmitglieder schon winken, sie stehen ganz vorn, damit sie mich nicht verpassen können. Ich bin sehr erleichtert, der Junge (Nico) kriecht unter der Absperrung durch und begrüßt mich gleich in allerfeinstem Hochdeutsch. Da bin ich erst mal platt! Drei Jahre hat er gelernt auf einer deutschen Schule und so ein Ergebnis – das kann sich sehen lassen! Was mich am meisten verblüfft, ist, dass er nicht mal einen ausländischen Akzent hat. Wow, das hätte ich nicht erwartet. Dann treffe ich die übrige Familie, Natalie – die russische Mutter, mit der ich schon monatelang E-Mails wechselte, Ting – den Vater, der Chinese ist und Katharina, das Küken mit 1 ¾ Jahren. Sie wurde mir schon als sehr scheu beschrieben, aber ich hoffe, dass wir uns bald aneinander gewöhnen und sie zutraulich wird.

Mit einem gemieteten Geländewagen fahren wir zu dem Haus, in dessen 19. Stock ich die nächsten drei Monate verbringen soll. Allerdings wird mir gleich erklärt, dass es eigentlich der 16. ist, weil Nr. 4, 13 und 14 fehlen, da es Unglückszahlen sind.

Ich bringe die Sachen auf mein Zimmer: großes Bett mit farbenfrohen Bezügen, Nachtkästchen, Schreibtisch mit PC und zwei Kleiderständer, einer mit Stange und einer mit Fächern – perfekt! Als ich ein bisschen einräume, legt Kathi sich in das unterste Fach, das sieht echt witzig aus! Nico nimmt mich gleich in Beschlag und will mit mir spielen, was nicht immer so einfach ist, denn kaum liegt etwas auf dem Tisch, kommt die kleine Schwester und schnappt sich einen Spielstein, den Würfel, die Karten ... Meistens muss die Mutter sie ablenken. Nico ist geschickt im Papierfalten, er kapiert die Anleitungen im Gegensatz zu mir meist auf Anhieb, beim Memory-Spiel ist er mir haushoch überlegen – noch dazu sind es lauter Autos; da kann ich ja keine Chance haben - für mich sehen die alle gleich aus!

Ich merke allerdings, dass mir die lange Reise einiges abgefordert hat und bin dankbar, als Natalie mir anbietet, mich etwas auf die Couch zu legen. Kathi kommt an und drückt ihre Nase an meiner platt – immerhin ein erster Annäherungsversuch! Trotz aller Geräusche um mich herum schlafe ich ein.

Am Abend gehen Mutter, Kinder und ich in das Restaurant im Compound (ein Zusammenschluss mehrerer Häuser mit einem Eingang, der von Sicherheitsbeamten bewacht wird). Natalie wählt verschiedene Gerichte aus - das Schöne für den Ausländer ist, sie sind alle bildlich erfasst, und man hat eine genaue Vorstellung von dem, was man später vorgesetzt bekommt. Auf einer Platte mit gebratenen Hühnerteilen ragt mir der dazugehörige Kopf entgegen – Natalie sagt, er wäre nur zur Dekoration da – tja, was weiß man denn? Im Restaurant werden Stäbchen gereicht – Natalie wundert sich, wie gut ich damit zurecht komme – aber das hat mir vor Jahrzehnten ein Student aus Taiwan beigebracht. Dieses erste chinesische Essen schmeckt mir, und wie sich herausstellen soll, vertrage ich es auch gut.

Nach diesem anstrengenden Tag bin ich froh, um 20 Uhr Ortszeit ins Bett fallen zu dürfen.

Als ich aus meinem Fenster schaue, sehe ich einen wunderbar gelben, verheißungsvollen Vollmond zwischen den Häuserschluchten.

4. Kapitel

Mein Zimmer ist durch das Bad vom Elternschlafzimmer getrennt, trotzdem höre ich Kathi in der Nacht ab und zu weinen, aber für alle Fälle habe ich Ohrenstöpsel dabei. Ich stehe auf, als ich die Kleine schon längere Zeit plappern höre; Nico muss in die Schule, ist aber noch in seinem Zimmer mit Stockbett. Alle drei stehen sie da herum und winken mich herein, ich setze mich auf die Kante des unteren Bettes, aber Natalie und Nico gestikulieren wild – hä? Was ist denn? Sie deuten auf das Bett, und ich schaue genauer hin: da liegt ja einer vergraben in der Zudecke und schläft noch! Wie von der Tarantel gestochen springe ich hoch – es ist der Herr des Hauses, der nach der Abholaktion gestern gleich wieder ins Geschäft gefahren ist und erst heimkam, als wir schon im Bett waren. Er hat nichts mitbekommen und schläft weiter.

Natalie muss Nico mit dem Auto zur Schule fahren, weil es zu weit zum Gehen ist, sie lässt Kathi da, die schreit gleich mal vorsichtshalber, kommt aber dann zu mir, als die Tür zufällt. Die Mutter hat sie schreien hören, kommt sofort zurück und nimmt sie doch mit. Was soll man dazu sagen?

Ich kann mir das erste Frühstück im fremden Land selbst machen: dazu hat Natalie Nescafé besorgt, der die nächsten drei Monate meine Kaffeemaschine ersetzen muss, dazu gibt es Toast, Butter und Marmelade von Schwartau, das Geschirr ist von Ikea – ich fühl mich ganz zu Hause! In einem rein chinesischen Haushalt sähe das wahrscheinlich anders aus. Das Wasser vom Hahn soll ich nicht nehmen, nicht mal zum Kochen, es gibt große Wasserkanister, die es liefern – daran muss ich mich erst gewöhnen.

Irgendwann verschwindet der Vater ohne Frühstück ins Geschäft (als Kathi das bemerkt, stellt sie ihm eilfertig die Schuhe hin – die ist vielleicht 'ne Nummer!), auch Natalie trinkt nur Tee, die Kleine kriegt was in den Mund geschoben, während sie auf dem Tablet spielt. So schnell kann ich gar nicht schauen wie ihre kleinen Fingerchen über die Oberfläche flitzen – und das mit

1 ¾ Jahren! Sprachlich hat sie von allem etwas drauf: am meisten Russisch, etwas Chinesisch, aber sie plappert auch englische und deutsche Wörter nach.

Es gibt sehr viel Spielzeug in der Wohnung, vieles läuft nur mit Batterie – mich, die ich das nicht so gewohnt bin, erschreckt manches: ich trete auf einen kleinen Kinderteppich und der beginnt plötzlich zu sprechen: ‚el' – ‚lion'; es ist ein Buchstaben-Teppich, man tippt den Buchstaben an (oder tritt drauf wie ich), der Buchstabe wird ausgesprochen und ein Beispielwort genannt, das an der Stelle auf dem Teppich aufgedruckt ist. Da kann ich nur staunen! Vieles erzeugt Geräusche: der Reiskocher in der Küche, das Sicherheitsschloss, wenn es aufgeht, wieder anders, wenn es sich schließt – denn Schlüssel gibt es keinen für die Wohnungstür (was sich noch als fatal herausstellen wird), jedes Handy hat einen anderen Klingelton, das Festnetztelefon usw. usw.

Da Ting, der einzige ‚Vollblut-Chinese', nur ganz wenige Worte Englisch spricht, ich dagegen des Russischen und Chinesischen nicht mächtig bin, beschränken sich unsere Kontakte vorwiegend auf ein gegenseitiges Lächeln.

5. Kapitel

Es wird ernst mit der Kinderbetreuung, und ich hoffe, dass es kein allzu großes Geschrei gibt. Natalie fährt mit dem Aufzug mit Kathi und mir hinunter, verschwindet aber sofort, und ich gehe mit Kathi allein in Richtung Spielplatz. Schnell wie der Blitz ist sie auf einem Spielgerät, will durch ein Rohr, ich eile ihr nach und krieche tatsächlich ebenfalls durch, wobei ich hoffe, dass ich mit meinem langen Wintermantel nicht stecken bleibe! Ich flitze über die Stufen wieder nach unten, um sie unten an der Rutsche in Empfang nehmen zu können. Mit ihrem rosa Kapuzen-Mäntelchen mit weißem Besatz sieht sie allerliebst aus – ihre europäischen Züge sprechen alle chinesischen Mamis und Ayis (Kinderfrauen) an. Da um diese Zeit sehr viele Hundebesitzer Gassi gehen, hat Kathi ständig was zu gucken, sie läuft auf die Hunde zu, bleibt aber vorsichtshalber knapp vor ihnen stehen, auch Katzen gefallen ihr, aber die nehmen Reißaus vor ihr. Entgegen meiner Annahme, dass es sehr häufig dunstig und grau oder bedeckt sein würde, ist es klar und sonnig, seit ich angekommen bin, aber bitterkalt – der Wind geht durch Mark und Bein. Als es mir zu kalt wird, gehe ich mit der Kleinen ins Haus zurück, fahre in den 19. Stock. Als erstes fällt mir auf, dass das Fahrrad neben dem Aufzug, von dem Nico behauptet hatte, dass es seines wäre, anders aussieht, vor der Wohnungstür stehen keine Milchflaschen, die täglich neu geliefert werden – komisch, aber vielleicht hat die Putzfrau, die zwei Mal wöchentlich kommt, sie weggenommen. Ich klingle, warte, es rührt sich nichts, obwohl Natalie daheim bleiben wollte. Ich klingle nochmal – wieder nichts. Kathi, der Schlaukopf, riecht den Braten sofort: da stimmt was nicht - und fängt an zu weinen. Ich nehme den Aufzug nach unten und frage eine im selben Stock zugestiegene Chinesin – also eigentlich eine Flurnachbarin, ob hier die Familie X. wohnt. Sie antwortet auf Chinesisch und macht mit ihrem Handy gleich mehrere Fotos von dem Mädchen. Das ist immer witzig: wenn Kathi Leute sieht, die ihr noch fremder sind als ich, drückt sie sich eng an mich.

Ja nun – wie gehts weiter? Sollte evtl. die Hausnummer nicht stimmen? Eigentlich bin ich überzeugt, dass es dieser Eingang war, aber wenn man es genau betrachtet, sehen diese „Türme" alle gleich aus und statt Namen stehen nur Wohnungsnummern da – die hätte ich mir doch gleich geben lassen sollen, schließlich war es damals Nacht, als wir ins Restaurant gingen und da sieht alles anders aus – oder wir fuhren von der Tiefgarage direkt hinauf. Ich probiere mit Kathi also das nächste Haus – ist natürlich dumm, dass ich SIE nicht fragen kann - und da erkenne ich gleich im Foyer das zerrissene Geschenkpapier eines Päckchens unter dem kleinen Plastik-Weihnachtsbaum wieder. Uff! Hier ist alles, wie es sein soll, das Rad steht da, die Milchflaschen, gut, ab heute weiß ich Haus- und Wohnungsnummer!

Am Nachmittag behängen die Mutter und ich – während Kathi schläft und Nico draußen spielt – die Plastikkiefer mit Kugeln und zwei bunten Lichterketten, wovon aber nur die untere funktioniert; das bleibt auch bis zu meiner Abreise so, Tag und Nacht blinkt ein halber Christbaum.

6. Kapitel

Heute muss Nico zur Schule und Kathi zur Gymnastikstunde: sie plappert schon nach: ‚apart – together‘ (wenn die Kinder mit ihren Müttern auf dem Boden sitzen und auf Anweisung der Übungsleiterinnen deren Beine auseinander- oder zusammenschieben. Da sind viele Kinder, die gerade laufen können. Ehrlich gesagt, erscheint es mir zu früh für sie, denn sie können praktisch nichts allein machen, die Mütter oder Omas heben ihnen die Hände, schieben ihre Beine – einige weinen, weil sie Angst haben. Es wird teilweise Chinesisch, aber auch Englisch gesprochen, die Teilnehmerzahl ist begrenzt. Es gibt sogar eine Musik-,Schule' und einen Zeichen-,Unterricht'.

Nach Kathis Mittagsschlaf gehen wir zu dritt in den Hof, Natalie verschwindet unauffällig, und es dauert eine Weile, bis sich das Geschrei des Mädchens wieder legt, da sich heute weder Hunde noch Katzen zeigen. Später aber läuft sie einen kleinen Hügel hinauf, rennt runter und lässt sich von mir auffangen. Alles bestens. Nach ca. einer Stunde wird mir kalt, also ab nach drinnen! Diesmal gehe ich ins richtige Haus, wir fahren mit dem Aufzug hinauf zur Wohnung. Ich gebe den Code ein, den man mir angegeben hat, warte, bis es piepst, dreh den Griff nach oben – nix! Zweiter Versuch: dasselbe! Mir wird schon schlecht. Klingle an der Wohnungstür, aber wie erwartet ist Natalie unterwegs, um Nico zu holen. Was mach ich nun – Kathi ist schon wieder am Plärren. Als ich mal die Tür von innen öffnen wollte, hat man mich gerade noch davon abhalten können „Mit dieser Taste löst Du den Alarm aus" - na bravo! Darum wage ich nach zwei Versuchen keinen dritten mehr, denn 3 ist eine magische Zahl, danach wird vielleicht der Code gesperrt, die Tür für immer verriegelt oder was weiß ich – das kennt man ja von Bankkonten (3. Versuch: Endstation)! Mann, das darf doch alles nicht wahr sein! Ich schau auf die Uhr, na vielleicht kommen sie ja bald. Wie beruhige ich das Kind? Wir fahren Aufzug, rauf und runter, ich setze sie in den Kinderwagen, der vor der Tür steht, fahre hin und her, singe ihr Lieder vor, versuche es mit einer Geschichte. Das Kind schreit und schreit. Schließlich komme ich auf die Idee, einem alten Chinesen an die Tür zu folgen, nur um zu beobachten, wie er mit dem Schloss umgeht – durch Gesten versuche ich, es ihm begreiflich zu machen. Als er den Code eingibt, schaue ich natürlich weg. Er dreht den Griff nach unten, aber die Tür öffnet sich auch nicht. Er probiert es erneut, es geht nicht; und wieder – die Tür bleibt zu, schließlich klopft er. Na, der kann mir auch nicht helfen – wahrscheinlich habe ICH ihn so nervös gemacht! Wir fahren wieder in den 19. Stock und irgendwann – gefühlte drei Stunden später – kommen die beiden. Ich bin schweißgebadet. Endlich zeigen sie mir genau, wie man es machen muss und - wie von Zauberhand bewegt - geht die Tür auf. Wahrscheinlich hab ich es überhastet gemacht. Allmählich komme ich mir ein bisschen blöd vor.

Den restlichen Tag schaut mich Kathi nicht mehr an – ich darf nicht mal in ihre Nähe kommen. Aber ich kann doch nichts dafür, wenn man es mir gar nicht gezeigt hat – zuhause benutzen wir Schlüssel, da gibt es solche Probleme nicht!

Nun wird die Wohnung weihnachtlich dekoriert – Silvester spielt ebenfalls mit herein, denn es gibt auch Glitzergirlanden, mehrere große Nikolaus-Säcke für Süßigkeiten dürfen ebenfalls nicht fehlen.

Nico möchte eine Rittergeschichte auf Deutsch von mir vorgelesen bekommen, er setzt sich auf mein Bett und auch der Kathi-Käfer kommt angekrabbelt und steigt mit seinen neuen Stiefelchen hinauf.

Heute sind alle müde und schlafen bald ein – jeder in dem Bett, in das er gehört.

7. Kapitel

In der Früh gibt es Waffeln, Omeletten und frisch ausgepressten Obstsaft, das schmeckt! Das Wasser aus der Leitung wird nur zum Spülen verwendet, sogar zum Kochen soll das aus den 5l-Kanistern genommen werden – anfangs vergesse ich das manchmal und werde von Natalie darauf hingewiesen.

Wir drei „Frauen" gehen in einen kleinen Supermarkt in der Nähe, wo es westliche Waren gibt. Ich brauche Shampoo und Duschgel, weil der Koffer schon zu voll war. Ich habe beides ausgewählt, nehme noch zwei Tafeln Schokolade für die Kinder und - rums, schon fällt das unter den Arm geklemmte Shampoo auf den Boden, die Plastikhülle platzt, ein Teil quillt heraus. Ach Du Sch..eunentor! Die junge Chinesin an der Kasse gibt mir ein bisschen Papier zum Aufwischen und eine kleine Plastiktüte, wo ich die Flasche verstauen kann. Dann ruft sie noch den Haus-Kuli (ich nenn ihn mal so), der mit seinem Wischmob versucht, den Rest wegzumachen. Gottseidank sind die anderen beiden nicht in diesem Teil des Ladens und haben die Pleite nicht mitbekommen. Da läuft Kathi her zu mir;

auf dem immer noch glatten Boden zieht es ihr die Füße weg, und sie fällt rückwärts auf ihren wattierten rosa Mantel; die Arme zur Seite gespreizt sieht sie aus wie ein Michelin-Männchen. Sie schaut völlig verdattert, und wir müssen alle lachen, sehen wir doch, dass sie sich nicht weh getan hat. An der Kasse muss ich wirklich die halbleere Flasche bezahlen (aber mitnehmen darf ich sie wenigstens) – solche Geizkrägen, bei uns geht das auf Kosten des Hauses! Kein Glück in diesem Land!!!

Am Nachmittag gibt es eine Eisrevue irgendwo in der Stadt, zu der Nico von der Schule aus zwei Freikarten hat. Natalie schlägt vor, dass ich mit ihm im Taxi dort hinfahre. Um wieder richtig zurückzukommen, soll der Sicherheitsbeamte am Compound-Eingang auf Chinesisch den Namen unserer Straße aufschreiben. Den Zettel dürfen wir nicht verlieren! Nico zeigt einem der Taxifahrer, die immer am Eingang auf ‚Beute' lauern, die Eintrittskarte mit der Wegbeschreibung, der redet eine Weile, dann dreht sich der Junge zu mir um und sagt in seinem herrlichen Hochdeutsch: „Ich versteh kein Wooooort." Ich schreie vor Lachen, weil die Situation so urkomisch ist, aber Nico sagt indigniert: „Das ist nicht zum Lachen." Ich erkläre ihm, dass ich ihn doch nicht auslache. Summa summarum: der Fahrer weiß nicht, wo sich dieses Stadion befindet. Nochmal rauf zur Mutter. Als wir wieder unten sind, kommt ein Auto, der Fahrer winkt uns hinein, aber er hat kein Taxischild. Ich bin skeptisch – das könnte ja irgendwer sein, der uns verschleppt. Er zeigt uns seine Visitenkarte und sagt, dass er auch auf dem Areal wohne. Ich sage Nico, er soll fragen, was er für die Fahrt verlangt. Als der Chauffeur 70 Yuan verlangt, sagt Nico, dafür gehe er lieber zu Fuß. Der Fahrer will wissen, was ich zahlen würde; aufs Geratewohl sage ich „50Y". Erst windet er sich, dann willigt er ein. Als wir einsteigen, sage ich noch zu Nico „Hoffentlich entführt er uns nicht" - ein bisschen mulmig ist mir schon. Aber bald sind wir tatsächlich am Park (wahrscheinlich hab ich im Fernsehen zu viel von der Chinesen-Mafia gehört), wo eine künstliche Schneefläche angelegt ist, wo Kinder Schlitten fahren und ein Minipanzer (ausgerechnet ein Panzer) mit je zwei Leuten drin herumkurvt. Die Revue findet in einer Halle statt, die wie ein großes Kino hergerichtet ist – sie hat schon begonnen, aber es gibt noch genügend freie Plätze.

Mit einer Tüte Popcorn (wir hatten kein Mittagessen bisher) lassen wir uns nieder. Was sich vor unseren Augen abspielt, ist wie eine Zirkusvorstellung auf Schlittschuhen. Artisten werden mit Bändern und Seilen hochgezogen, schweben durch den Raum, haben wunderbare Kostüme an, sie machen Sprünge auf Trampolins, ständig wechselt das Licht seine Farbe, sogar ein Seilhüpfen mit mehreren Teilnehmern findet auf dem Eis statt. Die Show dauert eine Stunde, aber es wird inzwischen auch recht kalt in der Halle. Da viele Besucher ein Taxi rufen wollen, müssen wir eine Weile warten. Diesmal ist es eins mit einem Taxi-Schild auf dem Dach und einem Taxameter, aber es ist sogar teurer als das erste. Selbst der Chinese findet die angegebene Adresse nicht auf Anhieb – aber dafür gibts ja Handys, der Vater beschreibt dem Fahrer telefonisch, wo er hinzufahren hat. Es tut gut, wieder im Warmen zu sein. Am Abend gibt es eine für das Land völlig untypische Pizza, die aber anscheinend allen Kindern dieser Welt schmeckt – mir sowieso.

8. Kapitel

Es ist Sonntag, der 4. Advent, was man natürlich hier nicht merkt. Seit ich gekommen bin, habe ich nach amerikanischer Art aussehende Nikoläuse in vielen Fensterscheiben kleben sehen, auch in Geschäften oder Hotels. Ansonsten gibt es überall große geschmückte ‚Christ'bäume, auch Schlitten und Rentiere und in jedem der Hochhäuser auf dem Compound einen kleinen, beleuchteten Plastikbaum mit eingewickelten Päckchen darunter, was ein paar Kinder wohl zu ernst genommen haben, denn einige sind schon zerfetzt.

Obwohl Sonntag ist, sind alle Geschäfte geöffnet. Auch der Vater ist wieder arbeiten gegangen. Wir gehen zu viert auf den Markt, Kathi sitzt im Kinderwagen, Nico begleitet uns auf dem Snakeboard. Er ist sehr geschickt damit, die Bürgersteige sind nicht eben, manchmal sind Löcher drin, ich wundere mich, wie er das macht. In dieser befestigten Markthalle gibt es Stände mit Fleisch, Fisch, viel Gemüse und Obst. Man bekommt eine Blechschüssel, in die man das ausgewählte Gemüse hineinlegt, dann wird es einzeln gewogen und verpackt; ich bin erstaunt, wie wenig es kostet.

Wieder daheim darf ich mich ans Backen machen, zuerst probiere ich die Kokosbusserl. Natalie hat enorme Backzutaten-Vorräte. Nico hilft mit, aber ich kann sowieso nur ein Blech auf einmal backen. Sie gelingen gut und schmecken allen.

Nico hat bald Prüfungen und muss noch Schriftzeichen schreiben und lesen üben. Manchmal soll ich ihm helfen, ein Zeichen im Anhang seiner Lehrbücher zu finden. Das ist vielleicht kompliziert! Ich begreife nicht, wie sich ein Mensch das einprägen kann, es gibt soooo viele und manche sehen sich zum Verwechseln ähnlich. Natalie erklärt mir, dass sie in verschiedenen Zusammenhängen auch oft eine andere Bedeutung annehmen – unglaublich!

Zum Mittagessen macht die Mutter eine Borschtschsuppe, ein typisch russisches Gericht aus Roten Beten. Mir schmeckt es gut.

Das Backen ist noch nicht zu Ende – jetzt sind Vanillekipferl dran. Nico will den Teig kneten, wo er öfter den einen seiner zwei Lieblingssätze anbringen kann „Ui, ist das eklig".

Nach dem Plätzchenbacken ist Kochen angesagt, ich bereite alles für mein Gemüsecurry zu, das mit Kokosmilch gemacht wird. Ich will das gekaufte Fleisch, das ich für ein Filetstück hielt, braten, aber beim Schneiden stoße ich auf lauter Flachsen, das wird nichts Gutes werden. Tatsächlich bleibt es zäh wie Leder, und wir müssen es am Ende wegwerfen. Während ich noch in der Küche beschäftigt bin, kommen die chinesischen Großeltern und bringen Weihnachtsgeschenke für die beiden Kinder. Jedes Geschenk ist ‚hörbar' – ein großes Parkhaus befördert die kleinen Autos, die dazugehören, mittels sich drehender Spirale auf das Oberdeck, und dann schießen sie alle wieder hinunter. Das wäre eigentlich das Geschenk für den Jungen gewesen, aber Kathi spielt damit. Umgekehrt hämmert Nico auf dem kleinen Klavier herum, das seine Schwester bekommen hat – es hat einteilhalb Oktaven und klingt ziemlich blechern. Er probiert Melodien nach dem Gehör aus – das gelingt ihm ganz gut.

Zum Abendessen ist die Schwiegermutter noch da, Ting hat einen Gurkensalat gemacht, in dem kleine weiße Stückchen sind. Ich frage mich, ob das etwa rohe Champignons sind – völlig daneben! Es wird sich gleich herausstellen, dass es gehörig pfeift, wenn man die Bröckchen isst – es handelt sich um rohen Knoblauch, und zwar in rauen Mengen, dazu Essig und Öl. Vorstellen konnte ich es mir nicht, aber es hat gut geschmeckt, und obwohl ich sonst immer Probleme kriege, wenn ich rohen Knoblauch esse, vertrage ich ihn hier gut, wie überhaupt alles! Wer mit ‚Knofl‘ nichts anfangen kann, tut sich schwer in dieser Familie, denn es gibt ihn in großer Menge und oft.

Die fertig gebackenen Plätzchen liegen inzwischen auf einem Weihnachtsteller auf dem Tisch – die Oma probiert sie. Offenbar schmecken sie ihr gut. Sie isst auch einen Teller Borschtschsuppe und bevor ich es verhindern kann, hat sie ein Vanillekipferl hinein getaucht. Ich starre sie entsetzt an – diese Kombination! Aber sie scheint ganz zufrieden, und ich bin verblüfft: die Einheimischen scheinen ganz andere Geschmacksnerven zu haben als wir Europäer!

Für einen Sonntag, noch dazu im Advent, war es ein langer, arbeitsreicher Tag, weil ich am Schluss auch noch das ganze Geschirr spüle, obwohl Natalie sagt, ich könne es stehen lassen, da morgen die Putzfrau kommt. Aber wir brauchen ja wieder Teller und Tassen für morgen früh.

9. Kapitel

Kathi wird langsam zugänglicher, nennt mich ‚baba‘ (russ. ‚Oma‘), sagt oft „hello", wenn sie mich sieht, hat irgendwo ‚how are you?‘ aufgeschnappt und betont dabei immer das letzte Wort. Wenn sie Worte nachplappert, die sie gar nicht kennt, ist sie immer goldig.

Mit Natalie rede ich einmal über die Feinstaubbelastung, denn keiner von der Familie trägt eine Atemmaske. Sie meint, gestern Abend hätte sie lt. PC bei 365 gelegen, aber alles, was über 150 liegt, wäre schon zu viel für Leute mit Atemwegserkrankungen und Kinder.

Am Nachmittag sind wir wieder draußen (Kathi und ich), und da sie immer sehr schnell rennt, bleibt es natürlich nicht aus, dass sie auch mal stolpert und hinfällt. Sie fängt an zu schreien, ich schaue mir ihr Gesicht an, denn sie ist im wörtlichen Sinn ein bisschen auf die Nase gefallen, aber nichts blutet, es ist lediglich eine kleine Rötung zu sehen. Ich nehme sie auf den Arm und tröste sie.

Wenn Nico nach der Schule mit Natalie heimkommt, gibt es Mittagessen; das ist dann gegen 15.30 Uhr, danach will er spielen, am liebsten mit dem iPod, wo er kilometerlange Straßen durch Tunnels oder zwischen Lavafeldern anlegt – (wofür mir der Sinn völlig abgeht – er will aber, dass ich sie bewundere) oder es werden Videofilme eingelegt, meist russische, oder wir spielen die ‚normalen‘ Spiele, wovon es unzählige gibt: ein Buchstabenspiel, bei dem man aus einer Suppenschüssel die Buchstaben heraus ‚löffeln‘ muss, Spiele mit Hexen, Monopoly (aber jetzt mit Bankkarte, wo das Geld ab- oder hinauf gebucht wird, nicht mit läppischen Geldscheinen wie früher), ‚Schiffe versenken‘ – auch das sieht hier völlig anders aus: jeder hat ein Plastikbrett, dazu militärfarbene Panzer verschiedener Größe und die muss man ‚abschießen‘ oder – um mit dem zweiten Lieblingswort von Nico zu sprechen – ‚schrotten‘.

Da ich gemeint habe, es sei richtig, mit Nico kameradschaftlich umzugehen, glaubt er offenbar, mich auch wie einen seiner Freunde anreden zu können: „Du bist langweilig" ist noch harmlos, es kommt auch „Du bist blöd", wenn es nicht nach seinem Willen geht.

Nach dem Bad der Kleinen spricht mich Natalie an, ob diese vielleicht heute hingefallen sei. Ich erzähle ihr die Geschichte vom Vormittag, wo Kathi buchstäblich über ihre eigenen Füße gestolpert ist. Natalie gibt zu, dass sie immer sehr schnell rennt, meint aber trotzdem „You must be very, very careful (sorgfältig)". Ja, was glaubt die eigentlich? Dass ich den Käfer absichtlich hin schubse? Ich kann ja in Zukunft den Kinderwagen nehmen, dann stolpert sie bestimmt nicht.

Am Abend gibt es eine typisch kasachische Suppe (lt. Natalie), in die fleischige Lammknochen gekocht werden; dann legt sie rechteckige Teigstücke hinein, die wie Nudeln aussehen. Sie warnt mich, dass Fremde die fette Suppe am Abend vielleicht nicht gut vertragen, daher esse ich nur die Teigstücke.

Als ich beim Mailschreiben vor dem Aufenthalt erfahren hatte, dass die Familie - außer dem Vater, der oft um 23 Uhr oder später heimkommt - schon um 20 Uhr ins Bett geht, dachte ich, was soll ich da die halbe Nacht machen, zuhause gehe ich ja immer ziemlich spät ins Bett.

Ja, Pustekuchen! Um 20 Uhr war ich schlachtreif! Irgendwie hatte ich den Jetlag noch nicht überwunden, oder war es die Tatsache, dass da zwei Kinder spielten, lärmten und manchmal stritten? Mit meiner gewohnten Ruhe war das natürlich nicht vergleichbar.

10. Kapitel

In Deutschland ist Heiliger Abend – hier ist nichts davon zu merken, es ist ein Tag wie jeder andere. Bisher war es immer sonnig bis zum Nachmittag gegen 17 Uhr, wo es sich dann eintrübte, aber heute liegt seit der Frühe eine schreckliche Dunstglocke über der Stadt. Natalie sagt, lt. Internet wären die Feinstaubwerte auf über 400 – na, dann good-bye, Lunge. Ich hätte mir gern eine Atemmaske gekauft, habe aber noch nirgends eine gesehen. Viele sehen richtig krankenhausmäßig aus, es begegnen mir aber auch Frauen, die daraus einen Mode-trend machen mit Verzierungen aus Spitze, manche sind gemustert, andere scheinen für den kalten Wind aus extra-warmem Material gemacht zu sein.

Da Natalie mit Kathi allein zur Gymnas-tikstunde fährt, ,darf' ich mit Nico wieder chinesische Schriftzeichen üben. Ich er-starre jedes Mal vor Ehrfurcht, wenn ich höre, wie schön er die Zeichen ausspricht – die Aussprache steht zwar in lateinischer

Schrift drüber, aber es liest sich nicht so, wie wir meinen würden. Als die Mutter zurückkommt, schläft Kathi, und wir beide, Nico und ich, sollen einkaufen gehen. Ohne sein Snakeboard geht der Knabe nirgends hin. Wir erledigen den Einkauf und als wir an die Haustür kommen, geht sie nicht auf, weder der eine noch der andere Flügel. Wir schauen uns entgeistert an – was ist jetzt los? Da fällt mir ein Schild auf: ‚Use access card' (ich würde ja gern die Zugangskarte benutzen, wenn ich eine hätte) Ich bin froh, dass Nico dabei ist – allein wüsste ich gar nicht, was ich machen sollte, da es doch keine Namensschilder mit Klingeln gibt. Man kann nur auf die Knöpfe einer Gegensprechanlage drücken. Nico betätigt ein paar, aber anscheinend ist nicht die Apartment-Nummer gefragt, sondern wieder irgendein Code, es antwortet niemand. Wir stehen dumm da, bis ein junger Amerikaner mit seinem Fahrrad kommt. Er fragt, was los ist, ich deute auf das Schild ‚access card'. Da nimmt er Anlauf und wirft sich gegen einen Türflügel, so dass er aufspringt. Nico meint beeindruckt: „Siehst Du, man muss die Tür schrotten!" Die Frage ist nur, wie oft sie das aushält.

In der Wohnung angekommen mache ich einen Gemüseauflauf, der bei Nico Anklang findet, seine Mutter isst kaum etwas – sie wirkt richtig kaputt.

Nach einigen Spielen und der Gute-Nacht-Geschichte ist der Tag zu Ende.

11. Kapitel

Heute ist Weihnachten, Nico hat 10 Tage schulfrei als Tribut an die Kinder der internationalen Schule, die Christen sind und Weihnachten feiern; jedoch hat der Vater festgestellt, dass er nicht sattelfest ist in den chinesischen Schriftzeichen und bekommt eine Strafe von ihm aufgebrummt: er muss jeden Tag in den Ferien am Vormittag zwei Stunden üben, damit er die Prüfung zu Schuljahresende (im Januar) gut schafft. Voller Inbrunst klagt er mir sein Leid: „Ist das ein Sch...Leben." Ich muss mir das Lachen verkneifen, denn aus dem Mund eines Neunjährigen hört sich das recht altklug an.

Mir hat Natalie schon vor Tagen gesagt, dass sie an diesem Tag Weihnachtsgeschenke einkaufen gehen will, ich bleibe mit dem Sohn bei Kathi. Als sie aufwacht, darf ich ihr nicht die Windel wechseln, er muss das machen. Dann ziehen wir sie an und gehen raus, weil ein Freund zu ihm gekommen ist. Die beiden Buben fahren mit ihrem Snakeboard vor uns, ich düse mit dem Kinderwagen hinterher – das gefällt ihr. Dann fahre ich mit ihr zum Shop, kaufe eine Tafel Schokolade, und sie singt vor sich hin. Wir gehen in die Wohnung zurück, weil es sehr kalt und windig ist. Als ich wieder ‚use access card' lese, lasse ich den Kinderwagen kurz stehen und werfe MICH gegen die Tür in der Meinung, es wäre das gleiche Spiel wie gestern – nur ist diesmal die Tür nicht verschlossen, und ich fliege gleich mitten in die Lobby. Wollen die mich alle auf den Arm nehmen? Dieses Land wird mir langsam unheimlich.

Den Rest des Tages verbringen wir mit Spielen.

Kathi darf aus einer Dose mit Instant-Früchtetee die kleinen ‚Würmchen' heraus essen; die Dose steht auf dem niedrigen Wohnzimmertisch an der Ecke. Als sie wieder einmal hineingreift, kippt das Ding um und ein Großteil ergießt sich auf den Teppich. Nico schaufelt gleich mit den Händen eine Menge Trockentee zurück in den Behälter und ruft seine Mutter. „Oh,

Kathi", sagt die, und ich komme mit einem Besen, um den Rest zu beseitigen. Nein, ich soll den Staubsauger nehmen. Auch gut – als alles entfernt ist, sagt die kleine Maus „shie shie" (‚danke' auf Chinesisch) zu mir – manchmal ist sie total süß.

Heute habe ich auf Natalies Bitte schon Husarenkrapfen und nochmal Vanillekipferl gebacken. Sie kommt erst am späten Nachmittag vom Einkaufen zurück. Gegen Abend bekomme ich Kopfweh – gegen meine ruhige Wohnung ist hier doch was ganz anderes geboten, denn die Beschallung ist praktisch permanent: oft laufen Filme, dann gibts internationale Musik-CDs oder einer der beiden bearbeitet das neue Mini-Klavier.... Gelegentlich dreht ein Kind an einer Spieluhr, dann dudelt es ‚Jingle Bells' oder sogar ‚Stille Nacht' – von ‚stiller Nacht' kann keine Rede sein!

12. Kapitel

Am Vormittag verlassen Kathi und ich gleich den Compound und schauen uns den großen Weihnachtsbaum eines nahe gelegenen Hotels an. Dann gehe ich mit ihr weiter zum Markt und verspreche ihr

‚fish‘, weil sich keine Hunde oder Katzen zeigen. Das kann sie auch wunderbar sagen – mit einem ganz hohen und langen ‚i‘. Da kriechen ‚crabs‘ (Krebse – die mit den Scheren, die schön zwicken können, weswegen sie immer zusammengebunden sind) in einer Plastikbox übereinander und aalartige Fische schwimmen in total überfüllten Becken; einmal schauen wir zu, wie ein dicker Fisch ‚enthauptet‘ wird und weiter zuckt, selbst Kathi ist auf meinem Arm fasziniert von dem Schauspiel.

Auf dem Rückweg kommen wir an einem chinesischen Laden vorbei – so etwas suche ich schon lange, einen Laden mit einheimischen Waren, die nicht durch Zölle verteuert sind. Kathi zerrt gleich einen Einkaufskorb hinter sich her, und schwuppdiwupp liegt eine Packung Kekse drin. Dazu kann sie schon sooo unschuldig schauen!

Zuhause gibts für sie was zu essen und dazu muss entweder ein Film laufen oder sie auf dem Tablet spielen dürfen. Ihre Lieblingsnummer ist ‚Whopa Gangnam Style‘, das eigentlich ‚oppan GangNamseutayil‘ heißt und aus Südkorea kommt – sie sagt ‚Wopa ga‘, macht Tanzbewegungen dazu, wenn das Lied läuft und schlägt im Takt an den Kopf.

Als die Dunkelheit einsetzt, fahren wir vier (der Vater ist immer noch selten zuhause) in das Viertel, wo die Gymnastikstunde ist, um die Beleuchtung dieses Einkaufszentrums anzuschauen. Ist das eine bunte Pracht – meist wechseln die Farben, unzählige Lichterketten erstrahlen in blau, grün, rosa und gelb (hier scheint es kein Energiekostenproblem zu geben). In einem Brunnen, auf dem oben eine durchbrochene Kugel von innen her in einem warmen Gelbton leuchtet, läuft noch das Wasser trotz der kalten Temperaturen, und es gefriert teilweise auf den Stufen. Am Tag habe ich dort schon Männer mit Pickeln gesehen, die es herunter hackten. Überall stehen geschmückte Weihnachtsbäume. Nico braucht ein Paar warme Stiefel und findet nach vielen Anproben das Passende. Bei einem McDonald essen wir zu Abend, dann gehen wir noch durch ein Kaufhaus mit vielen französischen Marken – als Kathi sich einen der leicht zugänglichen Stoff-Teddies schnappt und ihn nicht mehr hergeben will (bewährte Methode: schreien wie am Spieß), kauft ihn die Mutter, obwohl schon zwei unbeachtet daheim rumliegen.

Zuhause wird wieder gespielt: Panzer abschießen und Gesichter erfragen (trägt er/
sie eine Brille, eine Mütze, hat er/sie blonde
Haare etc.) Nico gewinnt alle Spiele. Jeder
Abend endet mit dem Vorlesen von zwei
oder drei Kapiteln aus dem deutschen Rit-
terbuch.

13. Kapitel

Das Seltsame an dieser Familie ist, dass
es keine gemeinsame Linie gibt – kein
gemeinsames Frühstück, Mittag- oder
Abendessen. Nico läuft den ganzen Tag
in langer Unterwäsche herum, selbst ich
habe schon im Schlafanzug gebügelt, weil
ich nicht vorher ins Bad konnte – da wäre
mein Bademantel recht, aber der konnte
leider wegen Gewichtsüberschreitung des
Koffers nicht mehr mit. Sobald jemand
schon oder noch im Elternschlafzimmer
ist, kann man das große Bad nicht benutzen, weil es sich innerhalb des elterlichen
Schlafzimmers befindet und nur durch
eine Tür abgetrennt ist; in das kleine gehe
ich sehr ungern aus bestimmten Gründen,
außerdem schaffe ich es meist nicht, meine
Handtücher und Kosmetiksachen aus dem

großen herauszuholen, bevor die Tür zum Schlafzimmer geschlossen ist, denn das geschieht ohne Vorwarnung, also auch ohne Gute-Nacht-Gruß.

An diesem Morgen amüsiert sich Kathi, die kleine Maus, damit, über den auf der Couch sitzenden Nico zu steigen, tritt plötzlich zu nah an den ,Abgrund', rutscht ab und schlägt mit dem Kopf an den Wohnzimmertisch mit scharfen Kanten. Ich höre den Schlag und hab alles genau beobachten können, weil ich nur ein paar Meter davor war. Natalie eilt aus der Küche, ich vom Gang herbei, denn natürlich brüllt die Kleine. Gottseidank, kein Blut, kein Loch – wahrscheinlich mehr Schreck als Schmerz. Aber sofort legt die Mutter los – obwohl ich kein Wort verstehe, ist mir klar: sie beschuldigt Nico, bis er schließlich in Tränen ausbricht. Ich sage ihm, dass er nichts dafür kann, aber er antwortet, die Mutter meint, er hätte sie auffangen sollen! Ich verspreche ihm, mit seiner Mutter zu reden, weil ich alles genau gesehen habe und halte mein Versprechen. Er hats nicht leicht, der Arme! Kein Wunder, dass er sagt: „Wegen meiner Schwester kriege ich immer Ärger mit meiner Mutter."

Als ich einkaufen muss, nutze ich die Gelegenheit, um in einem Hotel nach dem Postgebäude zu fragen, weil ich vermute, dass man an der Rezeption Englisch versteht. Richtig! Die junge Dame erklärt mir den Weg, ich versuche, dorthin zu gelangen. Nach einer Weile kommt mir der Weg sehr lang vor, und ich will mich vergewissern, dass ich nicht in die falsche Richtung laufe. Ich spreche ein junges Paar an, weil ich denke, die wären vielleicht des Englischen mächtig. Sogar mit Gebärden (Brief, schreiben) ist die Verständigung nicht klar. So beschließe ich, noch ein Stück weiterzugehen und dann umzukehren, wenn nichts kommt. Aber endlich taucht das grün-gelbe ‚China Post'-Schild auf. Ich kaufe dort eine schöne rot-goldene Karte (eigentlich fürs Neujahr, aber in dem Fall für den Geburtstag) für meinen Vater und zehn Briefmarken. Ansichtskarten habe ich noch nirgends gefunden. Angeblich soll das aufgedruckte Porto der Karte für Europa reichen. Wieder daheim koche ich Makkaroni mit einer Zucchini-Käse-Soße.

Obwohl ich mehrmals nach einer internationalen Telefonkarte gefragt habe (fürs Festnetz), bringt mir Natalie eine Handy-Karte für 200Y, die noch dazu nicht mal in mein antiquiertes Handy hineinpasst - ‚wird nicht akzeptiert'. Sie glaubt, ich habe sie nicht richtig eingelegt, aber bei ihr zeigt es denselben Spruch. Sie behält sie selber.

Als ich die Geburtstagskarte vorsichtshalber direkt auf der Post aufgeben will und mich nochmal wegen des Portos erkundige, heißt es, ich müsse noch was draufkleben – Mann, so was regt mich immer auf, wenn der eine so sagt und der andere anders! Zähneknirschend zahle ich.

14. Kapitel

An diesem Samstag hat Natalie Pfannkuchen gemacht und einige mit Hackfleisch und Reis gefüllt (russische Blinis) – das schmeckt sehr gut. Ich verstehe nicht, wieso sie in den Mails behauptet hat, nicht gut kochen zu können. Sie lässt mich von dem rosa Kaviar probieren – ich nehme an, es ist kein echter. Schmeckt sehr nach Meer, ist nicht unbedingt meins. Aber viel schlimmer ist der getrocknete Seetang, der in kleinen Päckchen als hauchdünne Blättchen verkauft wird. Nico und Kathi streiten sich drum, mir wird schlecht.

Die Kinder und ich gehen raus, Nico trifft seinen Freund auf dem Snakeboard, sie gehen in den kleinen Laden auf dem Compound, der im UG ist. Mit dem Kinderwagen kann man nicht mit, da es Treppenstufen runtergeht, Nico zeigt uns den Weg mit dem Aufzug. Dort ist auch ein großer Fitnessraum.

Später muss ich auf den Markt gehen, da ich was kochen soll – Natalie ist egal, was. Ich hole Putenbrust und gebe Karotten und Kartoffeln dazu, das mögen alle, auch die Kinder.

Da ich auf dem Weg zum Markt immer an einem winzigen Blumenladen vorbeikomme, will ich Natalie mal ein paar Stängel mitbringen – in der Meinung, jede Frau freut sich über Blumen. Sie ist sehr verwundert, als ich die drei verschiedenfarbigen Lilien nach Hause bringe, stellt sie zusammengebunden in eine Vase, was ziemlich doof ausschaut, weil sie in der großen Vase auf eine Seite fallen. Ich entferne die Schnur und verteile die Blüten gleichmäßig. Einige Tage stehen sie auf dem Esszimmertisch, dann werden sie hinter den Christbaum verfrachtet, wo kein Mensch sie sehen kann, obwohl jede Blüte sich öffnet. Naja, das war wohl auch nicht der Burner!

Heute gibt es was Neues zum Probieren: eine kalte Reiskugel mit Fischschnipsel und Tang – schmeckt unerwartet gut; da drin macht mir der Seetang nichts aus. Außerdem gibt es immer Obst: die Orangen schmecken herrlich, die Mangos sind viel reifer als bei uns und selbst die Pitahaya aus Thailand haben hier einen Geschmack, den sie in Deutschland nicht haben.

Da besonders der Vater Knoblauch so gern isst, habe ich marinierte Paprikaschoten gemacht – alle drei Sorten, das sieht dann besonders hübsch aus; es gehört Essig und Öl, Salz und Pfeffer und gehackter Knoblauch hinein. Er riecht daran und hält den Daumen in die Höhe.

Nachdem ich im Kinderzimmer beim abendlichen Aufräumen ein Teilchen aufgehoben habe mit der Frage: „Ist das ein Lego-Teil oder Dreck?", gipfelt Nicos Übermut in dem Satz: „DU bist Dreck." Daraufhin verlasse ich wortlos das Zimmer und lege mich auf mein Bett. Das hat mich schwer getroffen, vor allem hätte ich gemeint, dass ich ein gewisses Gegengewicht zu seiner Mutter darstelle, die ihn unverhältnismäßig oft schimpft. Als er dann ins Zimmer kommt und sagt „Du musst (bei dem Wort krieg ich sowieso die Krätze!)

mit mir spielen", sage ich ihm in aller Ruhe, dass er den Bogen bei weitem überspannt hat. Mit seiner Sprachkompetenz im Deutschen MUSS er wissen, was das bedeutet und kann jetzt mal in Ruhe darüber nachdenken – seine Gute-Nacht-Geschichte ist gestrichen. Später kommt er mit Kathi wieder und tollt mit ihr auf dem Bett herum, auf dem ich liege; vermutlich soll das ein Annäherungsversuch sein, aber ich reagiere nicht darauf.

Zu dem Parkhaus, das die Kinder von den Großeltern bekommen haben, trifft heute der 2. Teil ein, den Nico sogleich an den ersten baut - allmählich wird der Platz im Kinderzimmer knapp. Aber die kleinen Autos sausen nur so dahin, werden mit dem Aufzug wieder aufs Oberdeck gebracht, und es geht von vorne los, damit kann sich Kathi eine Zeitlang beschäftigen.

Als er mir das neue Spielzeug zeigt, entschuldigt er sich zweimal für seinen frechen Satz – zur Versöhnung nehme ich ihn in den Arm.

15. Kapitel

Kathi ist erkältet, sie hustet und die Nase tropft, daher soll sie nicht raus. Ting und Nico fahren mit mir in ein traditionelles chinesisches Restaurant zum Mittagessen ‚Old Beijing. Wenn man zur Tür reinkommt, steht ein alter Chinese mit Zopf (aus Gips) zur Begrüßung da, auf einer Bank sitzt einer und am Fenster ist eine täuschend echte Szene aufgebaut: zwei Chinesen sitzen sich gegenüber und haben Schälchen vor sich, ich habe nur an der Kleidung erkannt, dass es Attrappen sind, ansonsten wirkt die Szenerie total lebendig. Ich bin fasziniert.

Ting bestellt eine Menge Essen: als erstes kommt eine Kanne – ich denke, vielleicht ist es Reiswein – nein, es ist heißes Wasser. Dann gibt es Gurkensalat, der wunderschön spiralförmig angerichtet ist, gemischten Salat, kalte (!) Leberscheiben (ich rede mir ein, dass es Tofu ist), Pekingente, Vogelherzen (das sagt mir Nico, ohne dass ich gefragt habe – mir ist es lieber, ich erfahre erst hinterher, was ich gegessen habe), hauchdünne kleine Fladen, in die man rohe Lauchstifte und eine Entenscheibe einwickelt, die man dann mit Stäbchen isst.

Dazu gibt es noch mehrere Nudelgerichte, ein Gericht mit getrocknetem Fisch – wer soll das alles essen? Aber keine Sorge, wie die meisten anderen Gäste auch lässt sich der Vater viele Speisen in Plastikbehälter einpacken und nimmt sie mit.

Wir fahren nach Hause in die Tiefgarage, nur Nico nimmt schnell den Aufzug und bringt den beiden ‚Frauen' das Essen, dann gehts gleich weiter.

Zu dritt fahren wir zum Bankenviertel, wo Ting arbeitet – es erinnert mich an das Sony-Center in Berlin, viel Glas und Stahl sind hier verbaut worden. Sogar hier ist geöffnet (obwohl Sonntag ist), und da Ting dort einen Kollegen abholt, muss sich Nico auf Kathis Kindersitz zwängen. Aber wir fahren nicht weit, kurz nach dem Tian'An-men-Platz mit dem Bild des großen Vorsitzenden Mao, lässt uns Ting heraus, erklärt Nico noch mal eindringlich, wie wir nach Hause kommen sollen und fährt weg. Wir befinden uns am Wang Fujin, dort gibt es Kaufhäuser mit teuren europäischen Marken und eine große Fußgängerzone. Plötzlich spricht mich ein noch junger Mann auf Englisch an und will allerhand wissen. Ob das mein Sohn sei, was ich hier in Peking mache usw. Nico fragt, ob ich den kenne –

nein, woher denn? Neben dem Mann läuft ein junges Mädchen – ich frage, ob das seine Freundin sei. Antwort ‚ja' – da ist mir wohler. Er fragt, was wir noch machen wollen, und da sag ich ihm, dass ich Postkarten suche, aber nirgends welche finde. Darauf er: „Das kann ich Ihnen zeigen." Er führt uns durch ein kleines Kaufhaus, wo sich Dutzende Verkäufer darin überbieten, uns auf etwas aufmerksam zu machen. Dahinter ist eine Gasse, wo zu beiden Seiten Souvenirs angeboten werden UND endlich finde ich auch Ansichtskarten. Ich kaufe gleich noch zwei, drei Andenken und ärgere mich, dass ich nur so wenig Geld eingesteckt habe, aber ich wusste ja nicht, dass wir so eine Gelegenheit finden würden. Danach müssen wir durch das Kaufhaus wieder auf die Hauptstraße zurück. Nico hat Geld dabei und interessiert sich für Star Wars Baukästen, sie haben aber nur andere Marken. Die will er nicht, sie versuchen zu zweit und zu dritt, ihn zum Kauf zu überreden, aber im letzten Moment, als der Deal schon fast abgeschlossen ist, reißt er dem Verkäufer sein Geld wieder aus der Hand und geht. Ich sage: „Du hast völlig recht; wenn Du nichts kaufen willst, musst Du nicht." So was sieht man bei uns heute nicht mehr – da muss

man schon lange suchen, bis man überhaupt einen Berater oder Verkäufer findet.
Aber hier werden sie allmählich lästig, und
wir suchen das Weite. Ich frage mich, wie
wir das junge Pärchen wieder los werden,
aber als ich sage, „Also, auf Wiedersehen",
trollen sie sich anstandslos. Die Rückfahrt
mit dem Taxi klappt – Nico verhandelt wie
ein Großer, allerdings fragen ihn die Fahrer immer wegen mir aus, das nervt ihn. Er
erzählt dann meistens, ich sei seine Tante.

16. Kapitel

Die Nacht mit der kränkelnden Kathi
war anscheinend schlimm – ich hab nichts
gehört – aber Natalie ist total fertig, sie
sagt, sie hat nicht geschlafen. Da die Kleine nicht raus darf, spielen wir zu dritt, die
Kinder und ich. Jetzt sind Kathis Schlafens-
zeiten sehr kurz, die Mutter versucht, sich
in der Zeit auch etwas zu erholen, das ist
aber schwierig.

Ich habe ‚Ausgang' und suche wieder die
Post auf, um einige der Karten aufzugeben
– dort ist die Hölle los; Pakete über Pakete werden verschickt, ganze Taschen und
Koffer ausgeleert und in Postsäcke ver-

frachtet, mitten im Gewühl sitzt eine junge Frau und näht einen Sack zu, den sie verschicken will.

Da ich nicht immer den gleichen Weg gehen will, sondern die Umgebung etwas erkunden, gehe ich anders zurück und – vermutlich – eine Parallelstraße zu weit, so dass ich auf einer großen Straße rauskomme, die mir bekannt vorkommt, aber eher vom Autofahren – sie hat je vier Spuren. So groß war die andere nicht. Ich gehe erst mal weiter, denn ganz falsch kann die Richtung nicht sein, aber dann wird mir mulmig zumute – ich kenn mich nicht mehr aus! Fragen nutzt ja bekanntlich wenig – ich hätte zwar die auf Chinesisch geschriebene Adresse dabei, aber ich will kein Taxi nehmen – lt. Natalie versuchen die Fahrer, Fremde an der Nase herumzuführen und verlangen ein Vielfaches des richtigen Preises. Außerdem packt mich der Ehrgeiz, ich weiß, dass ich nicht total falsch sein kann, also heißt es ‚suchen‘! Ich erinnere mich an ein paar ‚landmarks‘ (auffällige Kennzeichen in der Umgebung), z.B. zwei hohe Türme, die auf der Spitze eine Art Eiffelturm haben und die geschwungenen Dächer der Hochhäuser auf unserem Compound. Und so laufe ich immer auf die zu, hoch genug sind sie ja, und plötzlich erkenne ich die Straße wieder, in die wir erst gestern zum Essen gefahren sind.

Super, das ist mal gut gegangen!

Als Kathi aufwacht, will sie sich nicht von der Mutter umziehen lassen, sondern kuschelt sich an mich. Sogar als diese zur Tür hinausgeht, bleibt sie bei mir, ohne zu schreien. Ich staune. Nico ist draußen, und daher spielt Kathi schön mit mir. Am besten ist es, wenn man allein mit ihr ist. Sie sagt „Mummy?", zuckt mit den Achseln, und ich sage „she will come back"; „back" wiederholt sie wie ein Echo; „Nico?" „will come back", „Papa?" „will come back". Damit ist sie zufrieden. Erst als Nico heimkommt, hängt sie wieder an ihm und als Natalie dummerweise anruft und sie deren Stimme hört, fängt sie an zu heulen und ruft: „Mummy, Mummy".

17. Kapitel

Der letzte Tag des Jahres 2013 bricht an.

Ich habe schon dauernd das Gefühl, dass Natalie manches nicht passt, aber da sie nichts sagt, denke ich, vielleicht bilde ich mir das nur ein. Als sie mir dann aber berichtet, dass Nico nicht mehr mit mir Taxi fahren will, weil ich immer lache, bleibt mir fast die Spucke weg. Ist hier Lachen verboten? Ich erkläre auch ihr, was ich ihm schon gesagt habe, nämlich, dass ich ihn NICHT auslache, sondern die Situation oft so komisch ist, weil er, der kleine Junge, um die Preise schachern muss und ich als Erwachsene dabeistehe und nichts sagen kann. Sie hat sich meine Arbeit außerdem ganz anders vorgestellt, ich sollte viel mehr mit Kathi spielen – ja wie denn, wenn die Mutter ständig in Reichweite ist, und diese sie seit ihrer Geburt permanent um sich hatte? Ich weise darauf hin, dass ich eine Menge Hausarbeit übernommen habe, wodurch ich sie entlaste, damit sie mit Kathi spielen kann, wenn die schon dauernd die Mutter um sich braucht.

Ich würde mir wünschen, dass es nach dieser Aussprache ein bisschen besser läuft – wir werden ja sehen. Auf alle Fälle bin ich nicht bereit, den Hausdeppen zu spielen und mir alles gefallen zu lassen.

Wir gehen alle zum Markt und auf dem Weg erzählt sie mir von einer Stadt mit Eis-und Schneebauten, die man von Peking aus in einigen Stunden mit dem Zug erreichen könnte. Das wäre ganz toll, und ich könnte ja versuchen, im Februar dort hinzufahren.

Zuhause steckt sie eine große Lamm-keule in den Ofen, aber der funktioniert plötzlich nicht. Da sagt sie: „Ich fürchte, wir werden heute nichts essen". Der Gatte, der alles repariert, ist natürlich nicht da-heim – also dessen Arbeitszeiten möchte ich nicht haben! Ich frage, warum sie nicht den zweiten Herd nimmt, der in der Küche steht – sie behauptet, dass sie sich mit dem nicht auskennt, probiert es aber dann doch.

Aus dem Internet hat sie sich die Rezepte für sechs Salate geholt – dazu muss ich so-gar nochmal zum Markt und einiges holen, z.B. Taubeneier, Kapern, Grapefruit. Jetzt wird gekocht, abgeschält, filetiert usw., dass es eine wahre Freude ist. Man könnte meinen, eine ganze Kompanie ist eingela-den, aber entgegen früherer Äußerungen kommen nicht mal die Verwandten, ja so-gar der Ehemann ist zum Zeitpunkt des Festmahls (20 Uhr) noch nicht da. Ich habe seit dem Frühstück (zwei Brote) nichts mehr gegessen - dass mir allmählich der Magen knurrt, ist nur allzu verständlich. Natalie dagegen scheint ein wahrer Hun-gerkünstler zu sein – trotz der Schwanger-schaft. Jeder zieht sich ein bisschen hübsch an, aber den Vogel schießt natürlich Kathi ab – sie wird von ihrer Mutter als Erdbeere verkleidet, mit einer grünen Strumpfhose und einem rosa Kostüm mit schwarzen Punkten, das sogar eine Kapuze hat. Sie sieht schnuckelig aus.

Der Tisch wird festlich gedeckt, die Lammkeule ist superzart, endlich wird geschmaust. Alles schmeckt hervorragend, die Stimmung ist gut.

Danach sollen die Kinder ihre Geschenke vom Weihnachtsmann bekommen. Die Mutter geht mit den Kindern aus der Wohnung – sie suchen den Weihnachtsmann. Ich muss inzwischen die verpackten Geschenke aus dem Schrank unter den Baum drapieren. Jedes Kind bekommt so fünf bis sechs. Erst werden ein paar Fotos gemacht, dann beginnt das ‚Öffnen', heißt, das Zerreißen des Papiers. Der Sohnemann bekommt mehrere Teile von Star Wars, die Tochter eine Puppe, ein Lego-Haus, ein Puzzle und Bücher. Nico macht sich sofort über die erste Schachtel her und baut drauf los.

Erst um 22.30 Uhr kommt Ting nach Hause – es gibt keinen Wein, erst recht keinen Sekt.

Ich bin klinisch tot und heilfroh, als ich mich nach diesem anstrengenden Tag (in

jeder Hinsicht) um ½ 12 zurückziehen darf.
Nach zwei Schluck Cognac, den ich immer
im Dutyfree-Laden am Flughafen kaufe,
wenn ich in Länder fahre, wo evtl. Magen-
und Darmprobleme auf mich lauern, falle
ich ins Bett, den Jahreswechsel kriege ich
nicht mehr mit – es gibt ja auch kein Feuer-
werk.

18. Kapitel

An diesem ersten Tag des neuen Jahres
2014 wird ein sehr aufwendiges Gericht
aus Kasachstan vorbereitet: Teigtaschen,
die mit durchgedrehten Zwiebeln, Kürbis,
Gewürzen und Rinderhack gefüllt sind, dabei hilft der Ehemann kräftig mit – ich spüle das Geschirr. Der Teig wird hauchdünn
ausgerollt, dann gibt man ein Löffelchen
der gekochten Masse drauf, klappt die andere Hälfte des Kreises drüber und drückt
die beiden Ränder zusammen. Ich ‚darf‘
auch mitmachen, kann es wahrscheinlich
nicht gut genug, da ich nach kurzer Zeit
eine Pause verordnet kriege. So stellen sie
zig Exemplare her, die dann z. T. eingefroren werden. Zum Essen werden sie über
Dampf gegart.

Kathi hustet und schnieft furchtbar, sie hat auch Temperatur, Ausgang (selbst im Kinderwagen) verboten. Dass sie in dem Zustand quengelig ist, versteht sich von selbst. Daher darf sie fernsehen, solange sie will oder mit dem iPod spielen. Nico beschäftigt sich mit seinen Raumschiffen und baut sie nach Anleitung zusammen, ich soll ihm dabei helfen, einzelne Teile zu finden, die z.T. ganz winzig sind. Er macht das schnell und gut. Als er mal bei Kathi vorbeischaut und auf dem iPod herumdrücken will, streckt sie ihren kleinen Arm aus, deutet mit dem Zeigefinger auf sein Zimmer und sagt energisch: „Nico, Star Wars!" Wir lachen alle, denn trotz ihres geringen Wortschatzes ist klar, was das bedeuten sollte: „Lass mich in Ruhe, bau Du mal Deine Star Wars-Teile zusammen!" Diese beiden englischen Wörter kann sie auch so nett aussprechen – manchmal könnte man sie auffressen, so niedlich ist sie!

In der Nacht öffnet sich plötzlich meine Tür, und Nico stapft herein. Ich frage noch: „Kannst Du nicht schlafen?" - Keine Antwort, aber bis ich mich versehe, ist der Knabe in meinem Bett und nicht mehr rauszukriegen. Na gut, es ist ja ziemlich geräumig. Trotzdem schlafe ich nicht besonders gut, denn mitten in der Nacht kriege ich mal seinen Arm ins Gesicht. Als er in der Früh wach wird, fragt er: „Wieso bin ich hier?" Er hat gar nichts mitbekommen von seiner nächtlichen Wanderung.

19. Kapitel

Heute ist Kathis schlimmster Tag, sie schläft immer nur kurz, heult ständig. Nico muss zu einem Test in die Schule, weil bald Jahresabschluss ist und die Zeugnisse bevorstehen. Danach sind die großen Ferien. Als er von dort wieder abgeholt werden muss, bleibt die Kleine bei mir. Leider kapiert die sehr schnell, dass die Mutter fort ist und beginnt zu heulen. Ich versuche, sie mit irgendwas abzulenken, Bücher anschauen, Lego spielen, aus dem Fenster schauen, ob die beiden schon kommen, selbst der Minnie-Maus-Luftballon, den ich ihr gestern mitgebracht habe und der ihr gut gefällt, interessiert sie heute nicht. Was kann ich noch tun? Ich ziehe ihr den Mantel an, und wir fahren mit dem Aufzug spazieren, aber das Geschrei hört nicht auf – ich kriege Schweißausbrüche und zermartere mir das Hirn, was ich tun könnte, um sie abzulenken. Sie kann sich derart ins Gebrüll hineinsteigern, dass man Angst haben muss, sie bricht. Endlich, endlich kommen die beiden zurück. Kathi verweigert das Essen, nimmt höchstens mal was Süßes zu sich. Auch bei den Eltern schreit sie öfter, selbst wenn sie sie herumtragen. Ich befürchte Schlimmstes für die Nacht, aber erstaunlicherweise höre ich sie kaum schreien. So kann ich mich – im Gegensatz zu Natalie – wieder erholen.

20. Kapitel

An diesem Morgen ist Kathi besser drauf, ihre Erkältung scheint abzuklingen, stattdessen schnieft jetzt ihre Mutter, aber wegen ihrer Schwangerschaft traut sie sich nicht mal was Pflanzliches nehmen. Trotz ihres schlechten Zustands hat sie vier Betten abgezogen, die nach dem Waschen irgendwie in der Wohnung trocknen müssen, denn Speicher oder Keller gibt es keinen. Ich bügle wieder im Schlafanzug die Wäsche von gestern, u.a. vier Oberhemden und eine Hose des Gatten und werde – das erste und einzige Mal - von

Natalie gelobt: „Thank you, you are working so hard."

Am Nachmittag schickt sie mich auf Entdeckungstour – ich habe 2 ½ Stunden frei bis sie Nico abholen muss. Mir wird jetzt schon Angst, wenn ich mit Kathi allein sein werde – hoffentlich schreit sie nicht wieder so furchtbar!

Während der freien Zeit kaufe ich Obst für mich, trinke in einem ‚Subway' einen Kaffee, schreibe dazu Ansichtskarten – will ja meine Freunde daheim beglücken - und bringe sie gleich noch zur Post.

Während Kathi schläft, fährt Natalie los, um Nico abzuholen. Es dauert nicht lang, dann wacht der Eumel wieder auf und plärrt. Heute habe ich eine andere Idee – ich zeige ihr die Fotos auf der Kamera, das klappt. Auch wenn sie hin und wieder weint, ist es doch kein Vergleich zu gestern.

Als alle zuhause sind, hat keiner Lust auf Essen. Ich nehme mir also allein von den Silvester-Salaten. Witzigerweise soll ich – auf Natalies Anweisung hin – oft probieren, ob ein Gericht noch essbar ist, denn vieles steht tagelang herum und zwar weder in der kühlen Speisekammer noch im Kühlschrank, darunter auch Hackfleisch oder Fisch, womit ich wirklich vorsichtig wäre. Ein Glück, dass ich keinerlei Probleme mit Magen oder Darm bekomme! Vieles wird letzten Endes dann weggeworfen, weil einfach zu viel gekocht und vorbereitet wird. In den Müllsack kommt alles rein von Flaschen über Speisereste, Papier, Dosen – da muss ich eingefleischter Recycler oft schwer schlucken!

Am Abend will Nico mit mir das neue Drachenspiel machen: auf einem Luftstrom (fast alles ist Batterie-betrieben) schwebt ein kleine Ball, den die Spieler teils über Hindernisse in ein Feld blasen müssen, wo sie ihre Punkte sammeln. Als wir gerade anfangen wollen, kommt schon der Kathi-Käfer und schnappt sich gleich den Ball. So! Das wars erst mal! Wenn der Junge sich bei seiner Mutter beklagt, heißt es meistens: „Na, lass sie doch"; gelegentlich spielt sie auch was anderes mit ihr. Aber für einen Neunjährigen braucht er schon eine Engelsgeduld.

Am Abend gibt es u.a. Crab (zu Deutsch: Krabbe, aber das ist missverständlich, denn das hier sind die gepanzerten Dinger, ähnlich wie Schildkröten). Nico muss mir zeigen, wie man die isst – ich finde, die Plackerei steht in keinem Verhältnis zur Menge und dem Geschmack des herausgeholten Fischfleisches. Überdies wird es sehr schnell kalt – und kalter Fisch ist nicht unbedingt meine Leidenschaft. Überhaupt scheint es niemanden zu stören, wenn das Essen warm serviert, aber kalt gegessen wird. Mir schmeckt das nicht.

Später passiert noch eine kleine Katastrophe – Kathi war in Nicos Zimmer und hat offenbar an seinem noch nicht fertigen Raumschiff einiges kaputt gemacht – er weint, daraufhin setzt sich die Mutter hin und hilft beim Wiederaufbau.

21. Kapitel

Obwohl Kathi in der Nacht ein paar Mal schrie hat, habe ich ganz gut geschlafen – sie ist am Vormittag noch immer quengelig, aber schlechter geht es jetzt der Mutter. Ausnahmsweise ist auch der Vater vormittags zuhause und muss Kathi herumtragen, bis sie endlich einschläft.

Ich habe den Auftrag, einkaufen zu gehen und höre beim Zurückkommen, als ich am Zaun des Compounds entlang gehe, plötzlich „In-ge", das kann doch nur einer sein! Tatsächlich - Nico kommt auf seinem Board daher geschwänzelt. Ich will bei der Gelegenheit ein Foto von mir und meiner ‚Lieblings-Palastwache‘ (dem Sicherheitsbeamten) machen lassen. Er lächelt immer so freundlich, wenn ich vorbeigehe und grüßt mich mit ‚Ni hao‘. Er muss seine Schicht in Pelzmütze und Rotarmisten-Mantel abstehen – bei der Kälte – das ist auch ein Job!

Zuhause soll ich wieder mal ‚irgendwas‘ kochen – ich arbeite die Reste auf und mache eine Gemüsesuppe mit den letzten Pfannkuchen aus dem Kühlschrank. Erst hatte Nico Hunger, als das Essen fertig ist, will er plötzlich nichts – na, dann esse ich eben allein, da Ting inzwischen weg ist.

Anschließend sollen Nico und ich zur French Bakery (französischen Bäckerei), Brot holen und auch Obst kaufen, aber als wir aus dem Compound rauskommen, treffen wir Ting, der schon alles besorgt hat. Daher machen wir nur eine kleine Runde, denn heute ist alles grau und dunstverhangen.

Daheim gibt es ein gebratenes Hähnchen, die Pfannkuchen-Suppe, Trauben und Pitahaya, die Drachenfrucht mit weißem ‚Fleisch‘ und winzigen schwarzen Kernen. Der Grund, warum sie hier so viel besser schmeckt, ist wahrscheinlich, dass sie einfach wesentlich reifer ist.

Am Spätnachmittag kommen Tings Schwester und sein Vater zu Besuch, nach der Begrüßung gehe ich auf mein Zimmer und lasse sie allein.

Da ich vom Nachmittag noch so voll bin, esse ich nichts mehr zu Abend, sondern mache den riesigen Berg Abwasch.

22. Kapitel

Es ist Sonntag, und die Eltern sagen mir am späten Vormittag, dass ich den Tag frei habe. Sie wissen, dass ich gern nochmal in die Fußgängerzone zum Einkaufen will, und Natalie hat mir schon gesagt, dass es da in Seitensträßchen Stände gibt, wo chinesisches Essen der besonderen Art verkauft wird. Das möchte ich mir anschauen. Also geben sie mir eine Zeichnung mit, die den Weg zur U-Bahn, die hier subway heißt, zeigt und beschreiben mir, wo ich umsteigen und mit einer anderen Linie weiterfahren muss. Ting ist so freundlich und gibt mir seine Jahreskarte für die U-Bahn, sie muss ich nur an jeder Lichtschranke dagegen halten, dann brauche ich nichts zu bezahlen. Das erleichtert die Sache, denn falls ich mal in die verkehrte Richtung fahren sollte, kann ich unbeschwert umsteigen. Bevor man in die U-Bahn kommt, ist eine Sicherheitskontrolle der Taschen wie am Flughafen. Ich finde mich ohne Probleme zurecht und erreiche Wang Fujin in der Nähe des Tian'Anmen. Hier kreuzen sich zwei riesige Straßen, ich muss mich erst orientieren, aber schnell erkenne ich die Richtung, wo Nico und ich schon mal waren. Ich überquere die achtspurige Straße und gehe gleich in die Souvenir-Gasse, ohne das Kaufhaus zu durchqueren, wo man uns letzten Sonntag permanent zum Kaufen gedrängt hat. Jetzt decke ich mich mit Magneten, Glücksbringern, Postkarten und Glockenspielen ein – wer weiß, wann ich wieder die Gelegenheit habe, hier herzukommen, und ich will doch meinen Freunden wenigstens eine Kleinigkeit von meinem chinesischen Abenteuer mitbringen.

Und plötzlich ist sie da, die ‚Fress'-Gasse: auf Spießen stecken Seepferdchen, Raupen und Insekten, die sich noch bewegen, Tintenfischteile hängen über die Tresen, sogar Seesterne. Ich frage mich, wie man die essen kann. Die ‚Köstlichkeiten' auf den anderen Spießen werden gegrillt und verzehrt. Uuaaah! Ich knipse Dutzende von Fotos – mit Zuckerguss überzogene Fruchtspieße stecken neben dem Getier – irgendwas würde ich schon gern probieren. Ich lese ‚fried banana‘ (gebackene Banane), bleibe dort stehen, und eine freundliche Dame sagt – wohl auf Englisch, sonst hätte ich sie ja nicht verstanden - die müsse ich versuchen, die wäre wirklich gut. Also, no risk – no fun, riskieren wirs, für den Notfall habe ich ja meinen Bakterientöter-Cognac! Ich bekomme zwei frittierte Kugeln auf einem Pappteller, die mit einer hellen Soße bespritzt werden, dann kommt noch so was wie Kokosflocken dazu. Ich beiße hinein und – es schmeckt köstlich! Nur – wo die Banane sein soll – keine Ahnung, es schmeckt nicht mal annähernd so.

Auf der Hauptader der Fußgängerzone spricht mich plötzlich wieder ein Chinese mittleren Alters an. Woher, wieso, wie lange ... Inzwischen weiß ich, dass das keine Anmache ist, sondern oft ein Versuch, gelerntes Englisch zu üben. Mir ist recht kalt geworden, und ich würde gern irgendwo in einer echten chinesischen Teestube ein Glas Tee trinken, denn für einen Kaffee ist es mir zu spät. Aber immer wenn ich ‚tea shop‘ lese, ist es nur ein Teeverkauf. Dieser junge Mann will mir behilflich sein und sucht danach, ich folge ihm. Plötzlich ste-

hen wir in einem zweitklassigen Massage-
salon – hoho, das wars wohl nicht! Später
sieht er wieder ein Reklameschild, aber als
wir hinkommen, ist geschlossen. Es bleibt
nichts anderes übrig, als ins McDo oder
KFC (eine der amerikanischen Ketten) zu
gehen, die ich vorher auch schon gesehen
hatte. Also kaufe ich mir dort was Warmes zum Trinken, er nimmt nichts. Wir
setzen uns, und er erzählt mir, dass er seit
16 Jahren Lehrer für Kunst und chinesische
Schriftzeichen an der Pekinger Uni ist. Er
spricht von seinen Gemälden, die ich mir
anschauen sollte. Da schrillen alle Alarm-
glocken – will der mich in seine Wohnung
locken? Ich bereite mich schon darauf vor,
ihm eine Abfuhr zu erteilen, da erklärt er
mir, dass die Ausstellung mit seinen Wer-
ken und denen seiner Studenten gleich ne-
benan in einem Buchgeschäft sei. Na, das
ist ja total was anderes!

Also gehen wir dorthin, er ist ausgesprochen höflich, lässt mir den Vortritt, weist
mich auf jede Stufe hin – schau ich derartig
hinfällig oder tattrig aus? Mit dem Aufzug
fahren wir in den Keller – vielleicht halten
das andere für leichtsinnig, aber nicht eine
Minute lang habe ich Angst oder zweifle
an seinen Worten, vielleicht bin ich einfach

nur naiv – und er führt mich in einen Raum, wo wunderschöne Bilder an den Wänden hängen, auf dem Boden stehen oder übereinander auf einem Tisch gestapelt sind. Es sind Zeichnungen in schwarz-weiß, Jahreszeiten-Bilder, gerahmte Gemälde. Ich bin überwältigt. So wie eine richtige Ausstellung sieht das zwar nicht aus, aber ich entdecke prächtige Sachen, z.B. das Bild eines Drachens oder eines Tigers auf einem Ginkoblatt. Den Tiger hat er selber gezeichnet – den nehme ich auf alle Fälle, aber der Drache ist typisch chinesisch und genauso toll – nur: auf dem Etikett steht pro Stück 1200Y – das ist über meine Verhältnisse. Als er merkt, dass ich an beiden interessiert bin, schlägt er vor, mir beide für 1000Y zu geben. Na, da kommen wir ins Geschäft! Er erklärt mir auch, dass die Blätter erst mit einer teuren Substanz behandelt werden müssen, bevor man sie bemalen kann. Erst kann ich gar nicht glauben, dass er mir quasi 1400Y nachlassen will, aber er behauptet, ich sei nun ein Freund – ein triftigerer Grund ist vielleicht, dass die Ausstellung morgen beendet ist und dann gar nichts mehr verkauft werden kann. Es ist noch ein anderer Mann im Raum, bei dem ich mit Kreditkarte bezahlen kann. Dann versucht mein Begleiter, mich zu weiteren Käufen zu überreden. Mir gefällt zwar noch einiges, aber ich kann ja nicht alles Geld hier ausgeben. Trotzdem kaufe ich noch ein Blumenbild von einer seiner Schülerinnen, das er mir zu einem Bruchteil des Preises überlässt – zwischen Lehrer und Schüler ist in der Ausführung kein Unterschied zu sehen. Er lässt sich meinen Namen sagen und schreibt ihn in chinesischen Schriftzeichen auf ein Stück weißes Pergament – einmal in langsamer Schönschrift und einmal schnell mit mehr Wasser, wodurch die Zeichen zerfließen.

Auf dem Weg zur U-Bahn frage ich ihn auch ein bisschen aus, er ist im Süden des Landes verheiratet – das sei eine Zugfahrt von 18 Stunden – und hat eine Tochter und einen Sohn, er sieht seine Familie nur selten. Was für ein Leben!

Am Bahnhof trennen wir uns, ich will das kleine Stück bis zum Platz des Himmlischen Friedens fahren, dort noch ein bisschen spazieren gehen, bevor ich die Metro in mein Viertel nehme, wo ich auf jeden Fall vor Einbruch der Dunkelheit ankommen will.

Das Wetter ist sonnig und der Himmel blau, es ist ausnahmsweise mal nicht kalt, daher flanieren viele Leute vor dem Palast. Ich laufe bis zur nächsten Station – ein ordentliches Stück - und wage mich auf die öffentliche Toilette: das habe ich bisher vermieden, denn mir schwant Schlimmes, aber ich denke mir, wenn welche sauber sind, dann doch wohl diese in der Nähe vom Bildnis des großen MAO. Es gibt eine Riesenanzahl – aber alles sind Abtritte, Klopapier fehlt und die Schließvorrichtung der Tür geht nicht. Aber selbst wenn jemand reinkommt, während ich drin (und ‚dabei‘) bin, ist es eine Frau, da ja Männlein und Weiblein getrennt sind, also ist es auch kein Beinbruch.

Nach der Rückfahrt steige ich an der richtigen Subway-Station aus, aber da gibt es bestimmt 6 verschiedene Richtungen, denn sie liegt an einem riesigen Kreisverkehr – wo muss ich hin? Mein Orientierungssinn führt mich diesmal auf Anhieb in die richtige Straße (das ist nicht immer so, muss ich gestehen), obwohl die Gasteltern mir keinen Straßennamen mitgegeben haben. Das verstehe ich eigentlich nicht, es wäre doch viel einfacher.

Ich muss mehrere Straßen überqueren, und obwohl die Autofahrer immer den Eindruck erwecken, als legten sie es darauf an, die Fußgänger zu überfahren, erzwinge ich mir einmal den Vortritt, indem ich einfach losgehe und dem heranbrausenden Audi-Fahrer scharf in die Augen sehe – ich gehe davon aus, dass er es nicht wagen wird, eine Europäerin auf die Kühlerhaube zu nehmen. Er bremst im letzten Moment.

Als ich nach Hause komme, habe ich Hunger – keiner ist da. Ich nehme mir was aus dem Kühlschrank und wärme es mir. Später kommen die vier mit zwei großen Luftbefeuchtern, die sie im Kinderzimmer und im Schlafzimmer aufstellen. Das ist sicher nicht verkehrt, denn es werden fast nie die Fenster geöffnet, die Wärme kommt aus der Klimaanlage, kein Wunder, wenn die Nase trocken ist.

Mit dem Gedanken, dass das bisher mein erlebnisreichster Tag war, schlafe ich ein.

23. Kapitel

Heute muss Ting auf Geschäftsreise für ca. eine Woche, d.h. wir werden nur zu viert sein. Ich soll auf den Markt zum Einkaufen gehen, Nico hat Schule, Kathi bleibt bei der Mutter - diese will nicht, dass ich sie im Kinderwagen mitnehme, weil sie 37,5°

Temperatur hat. Ich komme auf der Strecke immer am chinesischen Laden vorbei, wo ich ab und zu ein kleines Wasser und etwas Schokolade kaufe, so auch heute. Als ich heimkomme, empfängt mich Kathi gleich an der Tür und fragt: „chleb"? (also ‚Brot'), ich sage „no". Ich überlege noch kurz, reiße dann aber die Packung mit den einzeln verpackten Schokotäfelchen auf und gebe ihr eins. Sie geht damit zur Mutter, die auf dem Sofa liegt. Als ich höre, wie sie fragt, ob ICH ihr das gegeben habe (wer sonst?), und ich die Frage bejahe, reagiert sie stinksauer und nimmt es ihr weg. Wie nicht anders zu erwarten, brüllt die Kleine los. Schlau, wie sie ist, denkt sie wohl: ‚Wenn ich das nicht bekomme, hole ich mir halt ein anderes aus dem Keramik-Schneemann, der unter dem Christbaum steht und seinen dicken Bauch voller Pralinen hat.' Aber Natalie ist inzwischen aufgestanden und lässt sie nicht an sich vorbei; sie versperrt ihr den Weg, sobald Kathi die Richtung wechselt. So konsequent habe ich sie noch nie mit der Tochter erlebt. Und die steigert sich in einen Wutanfall, dass ich meine, Blut unter einem Nasenloch zu sehen. Ich weise die Mutter darauf hin, die packt sie und eilt mit ihr ins Bad, wo sie die Tür hinter sich zuknallt. Ich denke, mich laust der Affe. So ein Theater zu machen wegen eines kleinen Schokotäfelchens – dabei kriegt das Kind die Schokolade sonst nachgeworfen. Als Kathi vor Erschöpfung einschläft, macht Natalie mir Vorwürfe und fragt, weshalb ich ihr was Süßes gegeben habe, sie hätte doch nur nach Brot gefragt. Ich werde langsam ärgerlich und frage, ob ich eigentlich JE etwas richtig mache. Ich habe selber zwei Kinder großgezogen und muss mich wie ein dummes, unbedarftes Mädchen behandeln lassen. Ich bin nach Peking gekommen, weil ich ihr helfen wollte, ich versuche mein Bestes, aber ich muss auch nicht drei Monate hier bleiben. Daraufhin wird sie vernünftiger und sieht ein, dass ich dem Kind eine Freude machen wollte. Glücklicherweise schläft Kathi, bis Natalie Nico von der Schule geholt hat. Anscheinend ist sie richtig ausgeschlafen, denn jetzt ist sie gut aufgelegt und wird wieder zutraulicher.

24. Kapitel

Nico hat frei, aber Kathi geht mit ihrer Mutter in die Musik-Klasse. Die Putzfrau, die zwei Mal pro Woche kommt, wurde für heute bestellt, um was Ähnliches zu machen wie neulich, nur ist das jetzt ein chinesisches Rezept: Teigkugeln werden dünn ausgerollt und mit einer Hackfleischfüllung belegt, dann zusammengedrückt, etwa wie Tortellini. Auch sie werden größtenteils eingefroren. Ich mache einen Salat aus allen Resten, die ich vorfinde und die noch genießbar sind, und esse mit Nico.

Als Natalie heimkommt, trägt sie die schlafende Kathi auf den Armen ins Bett. Ich wundere mich, wie sie trotz der Schwangerschaft das Kind immer noch so tragen kann, schließlich kommt sie von der Tiefgarage, und wir sind im 16. Stock! Jetzt können Nico und ich rausgehen: er zu seinem Freund, ich mache wieder eine große Runde, aber in eine andere Richtung.

Überall gibt es Häuser, auf denen Schilder mit ‚Massage' stehen – ich werde mich heute nach den Preisen erkundigen. Englisch kann wieder keiner, aber es gibt eine Karte, wo die einzelnen Massagen auf Englisch erklärt sind. Ich will mal mit einer

Fußmassage anfangen – für 108Y (ca. 12€) sind auch der Nacken und Rücken dabei – Dauer 80 Min.; da kann man nicht meckern. Also bleibe ich gleich da, denn dieser Salon liegt in unmittelbarer Nähe unseres Compounds, d.h. der Heimweg ist kurz.

Ich werde in ein Zimmer mit zwei langen Sesseln geführt, die mit weißen Laken bedeckt sind. Ich ziehe mir Mantel, Stiefel und Socken aus. Ein junger Mann kommt mit einem Fußbad, er zieht einen Teil des Sessels nach vorn, stellt die Schüssel zwischen die beiden Teile und macht mir klar, dass ich mich mit dem Rücken zu ihm auf den ersten Sessel setzen soll. Er beginnt mit der Nacken-Massage, während meine Füße im Wasser gebadet werden. Ich bleibe voll angezogen, er hat nur ein kleines Handtuch auf meine Kleidung gelegt. Er knetet stark, aber das ist mir recht – er fragt auch mal, ob es passt (Kommunikation ohne die Sprache des anderen zu können– es beeindruckt mich immer wieder, wie das funktioniert).

Das Fußbad kommt weg, ich muss mich wieder umdrehen, die Füße werden abgetrocknet, dann bekomme ich heiße Wickel um die Knie, ein Fuß wird sehr kunstvoll mit einem Handtuch eingewickelt, den anderen bearbeitet er teils mit der Faust, teils mit der flachen Hand. Dasselbe am anderen Fuß, dann werden die Waden eingecremt. Anschließend kommt er mit kleinen Gläsern und einem Feuerzeug – Gottseidank bin ich vorbereitet auf das, was jetzt geschieht: die Flamme wird ins leere Glas gehalten, dann wird das luftleere Glas an den Fuß ‚geklebt‘, es saugt sich fest und hält von allein, dann werden alle wieder abgerissen. Jetzt fehlt nur noch der 3. Teil, der Rücken. Ich muss mich auf den Bauch legen, er kniet sich über mich und bearbeitet die Wirbelsäule bis hinunter zum Becken, ebenfalls durch die Kleidung. Das war sehr angenehm – ‚des machma mal wieda‘ (wie es in der Fernsehwerbung so schön auf Bayrisch heißt). Dann will ich aber eine Body Massage. So günstig wie hier bekomme ich die nie mehr, nach dem, was ich auf der Liste gelesen habe.

25. Kapitel

An diesem Morgen hat Nico seine Chinesisch-Prüfung, Kathi schläft, bis Natalie zurück ist. Jippie! Dann gehen wir zu dritt raus, Kathi im Kinderwagen, sie schaut auch immer, ob ich nebenher gehe, d.h. dass dann die Mutter noch da sein muss, um zu schieben – es ist unglaublich, wie clever sie ist. Nach kurzer Zeit macht sich die Mutter vom Acker, und als Kathi sich wieder umschaut, schiebe ICH! Logische Folge: erst einmal Geheule, aber sie beruhigt sich schnell, denn ich verlasse den Compound und auf der Straße gibt es eine Menge Sachen zu sehen, da hocken z.B. Katzen hinter dem Zaun und fressen, Vögel flattern herum ... Als wir über eine Stunde – es ist wirklich eiskalt, aber sie steckt in ihrem rosa Mäntelchen mit Kapuze, dazu im Fußsack – unterwegs sind, denke ich, jetzt ist sie eingeschlafen, aber immer, wenn ich mich vorbeuge, um in ihr Gesicht zu sehen, schaut sie mit ihren großen braunen Augen aufmerksam in die Gegend und lächelt mich kurz an. Erst als wir nach ca. 1 ½ Stunden wieder das Apartment ansteuern, kippt der Kopf nach vorne. Ich würde sie gern bequemer lagern, aber dann reißt sie kurz die Augen auf und sinkt wieder um. Naja, deswegen wird sie auch keinen Wirbelsäulenschaden bekommen, gleich sind wir ja zuhause. Natalie lässt sie bei offener Wohnungstür im Wagen schlafen, aber es dauert nicht lang und sie erwacht.

Heute gibt es die chinesischen Teigtaschen – ich erkenne keinen Unterschied im
Geschmack, Natalie sagt, die einen werden
über Dampf gemacht, diese hier werden
ins kochende Wasser geworfen. Beide finde
ich nicht so, dass man einen kulinarischen
Hochgenuss versäumt hat, wenn man sie
nicht probiert hat. Mir fehlt daran einfach
die Würze.

Natalie schlägt vor, dass ich am Nachmittag die ,French bakery' aufsuchen soll,
weil da ein nettes kleines Café angeglie-
dert ist. Ich bestelle ein Schokostangerl
(das sich hier Chocolat Torsade nennt) und
eine Kanne chinesischen Tee. Danach soll
ich eigentlich noch Brot mitnehmen, aber
das, was Natalie gekauft hat, kostet mehr
als noch in meinem Geldbeutel ist (muss
ich immer so knapp kalkulieren, ich ärgere mich über mich selber). Der Verkäufer
schlägt vor, ich solle doch ein billigeres
nehmen – gut, ist auch eine Lösung.

Daheim fragt mich die Mutter, ob ich
noch einmal eine halbe Stunde mit Kathi
gehen kann, sie möchte in Ruhe eine Du-
sche nehmen. Diese Art Fragen sind rein
rhetorischer Natur – kann ich mich etwa
weigern? Ich geh ja auch gern raus mit ihr,
aber heute plärrt sie ununterbrochen nach

‚Mami', fällt auf dem Spielgerät kurz auf die Nase – nichts zu sehen – aber das Gebrüll steigert sich noch; ich trage sie auf dem Arm, die Leute schauen mich schon ganz komisch an – ich komm mir vor wie ein Kindesentführer. Endlich ist die halbe Stunde herum, und ich ‚darf' wieder in die Wohnung. Um das immer noch anhaltende Geschrei zu stoppen, schiebe ich Kathi schnell ins Badezimmer, damit sie ihre Mutter sehen kann. Dann geht das Wohnungsschloss; ich rufe: „Nico?" Er: „Ja." Ich will die Kleine aus dem Bad holen, weil ich denke, mit ihrem Bruder ist sie auch zufrieden, und die Mutter kann sich in Ruhe fertig machen, daher öffne ich die Badezimmertüre nur einen Spalt und sage „Nico", damit sie herauskommt und mit ihm spielt. Sie reißt die Tür auf und im nächsten Moment sehe ich, dass Nico einen Freund mitgebracht hat, der gerade dahin blickt, wo sich der ganze Zirkus abspielt. Mir schwant noch nichts Böses, erst als Natalie mich im Bademantel ins Schlafzimmer holt, weiß ich, dass ich wieder etwas ‚verbrochen' habe. „Das nächste Mal solltest Du aber die Tür nicht aufmachen, Nicos Freund hat mich nackt mit meinem dicken Bauch gesehen." Ich murmle mein schon zur Gewohnheit gewordenes „I'm sorry" und denke: ‚Das wars'. Jetzt ist endgültig Schluss. Wer bin ich denn, dass ich mich dauernd anmotzen lassen muss wie ein Teenager? Schließlich habe ICH die Tür nicht aufgerissen, sondern Kathi, und außerdem hat Nico nichts von einem Freund gesagt, den er dabei hatte.

Ich gehe auf mein Zimmer, breite meine Reiseunterlagen sowie die Versicherungspapiere für einen Reiseabbruch auf dem Bett aus und gebe in den PC Lufthansa-Flüge von Peking nach München ein. Ich will schon eine Mail an mein deutsches Reisebüro absetzen, wie man den Rückflug organisieren kann, da kommt Madame plötzlich zur Tür herein, sieht die Seite auf dem PC, und als ich dazu noch sage „I'm leaving (ich fahre)", rudert sie plötzlich zurück und meint, das wäre doch keine Kritik gewesen, sie hätte mir das nur erzählen wollen ...

Ich bleibe erst mal auf meinem Zimmer und beruhige mich mit Sudokus – die sind dem Nico suspekt, davon hat er noch nie was gehört. Nach über einer Stunde tauche ich wieder mal im Wohnzimmer auf, sie fragt mich, ob ich was essen will, ob ich irgendeine Star Wars Figur gesehen habe

– jeden Abend wird peinlichst nach jedem verschwundenen Lego-Teil oder sonstigem Spielstein gesucht, bis das Ding gefunden ist. Ich finde das ganz in Ordnung, aber diese Star Wars Teile sind gelegentlich so winzig, dass es mich wundert, dass Kathi noch nicht eins verschluckt hat. Ich beteilige mich an der Such- und Aufräum-Aktion und mache mir etwas warm. Sehr gern esse ich den puren Reis aus dem Reiskocher - der hat diese leicht klebrige Konsistenz, die Uncle Ben (von der Reis-Werbung) in den Wahnsinn treiben würde, aber einen lockeren Reis könnte man mit Stäbchen gar nicht essen.

Als sie mir das Geld für das gekaufte Brot geben will, lehne ich es ab und sage, „Ich kann es auch mal bezahlen." Sie meint, ich solle es nehmen, und als ich es liegen lasse, finde ich es später in meinem Zimmer. Entweder ändert sich jetzt endgültig die Gesamtsituation oder ich trete wirklich die Rückreise an – wir sind nahe an meinem Limit!

26. Kapitel

In den fast vier Wochen, wo ich in Peking bin, ist mir aufgefallen, dass viele Chinesen schlurfen, sie heben einfach ihre Füße nicht – Männer wie Frauen – und es sind nicht nur die älteren.

Die meisten Männer rauchen (wenn das die Lebenserwartung so drastisch kürzt wie es immer heißt, wird es ihnen nichts nützen, wenn sie sich keinen Sonntag gönnen und bis spät in die Nacht arbeiten), von den Frauen habe ich bisher nur eine einzige junge rauchen sehen.

Wegen der Kälte tragen 99% der kleinen Hunde, die Gassi geführt werden, ein Mäntelchen – oft sogar mit Kapuze; wenn das Hundchen müde ist, wird es auch mal getragen. Also eins ist sicher: hier werden Hunde nicht verspeist! Auf dem Compound gibt es ,Stationen', wo die Hundebesitzer kleine Plastiktüten herausziehen können, um die Hinterlassenschaft ihres Lieblings aufzusammeln: ähnlich wie bei uns wird nicht groß davon Gebrauch gemacht – im Gegenteil, man muss dauernd auf den Boden schauen, damit man nicht hineintritt. Ich mache auch Kathi darauf aufmerksam und sage „doggie – kaka", das versteht sie und mustert die Exkremente interessiert.

Was uns Europäer abstößt, ist das ungenierte Herauskatapultieren jeglichen Schleims, der sich in der Kehle angesammelt hat – man hört immer ganz genau, wenn jemand, der hinter einem geht, dazu ansetzt und dann – möglichst schnell zur Seite springen!

Natalie hat mir gesagt, dass Chinesen nicht mit der Hand in den Mund fassen, das bedeutet, wenn sie auf Fischgräten stoßen oder Knochen, dann wird das auf den Teller gespuckt; ich bevorzuge die europäische Variante.

Fahrräder und Rikschas beachten die Ampeln nicht, sie fahren nachts auch nicht mit Licht. Wie in vielen anderen Ländern Asiens ist die Hupe der wichtigste Teil des Autos. Sie ist ständig im Einsatz. Man kann sich des Eindrucks, dass die Bevölkerungszahl des Landes durch gezieltes Eliminieren mit dem Auto reduziert werden soll, nicht erwehren – meistens geben die Fußgänger nach. Was bei uns völlig unmöglich wäre, ist der Spurwechsel von links nach rechts oder umgekehrt ohne zu blinken. Man muss sich wirklich wundern, dass kaum Unfälle passieren.

In China – zumindest hier in der Haupt-stadt – scheint das Handy-Virus noch schlimmer um sich zu greifen als bei uns; alle sind ständig beschäftigt mit Tablet oder iPod, jede Marktfrau muss zwischen-durch mal mit ihrem Handy telefonieren – man hat den Eindruck, wenn sie nicht ihr elektronisches Werkzeug dabei haben, sind sie tot.

Das Wetter ist ein Phänomen, das mich überrascht hat; ich war ja vorgewarnt we-gen Feinstaub, schlechter Luft und Abgas-werten und hatte auch eher mit trübem Wetter gerechnet, aber die meisten Tage waren sonnig, wolkenlos und eiskalt. Ge-gen 17 Uhr trübte es sich in der Regel ein und wurde schnell dunkel. Es gab einige wenige graue Tage, aber Wolken hab ich nie gesehen.

Auffällig sind die vielen Mädchen im Teenager-Alter, die Mützen, Schals oder Handschuhe mit kindlichen, um nicht zu sagen kindischen Motiven tragen, z.B. Mützen mit Hasenohren – das würde bei uns sicher nur ein Kind anziehen.

Die ‚Fakes‘ (Nachahmungen) sind ein anderes Problem – täglich höre ich in der Wohnung den Glockenschlag von Big Ben – dabei möchte ich schwören, dass ich

NICHT in London bin! Auch der Eiffelturm wird gern kopiert, von Markenprodukten braucht man gar nicht reden.

Manchmal beleidigt der Gestank der Gullies gewaltig mein Riechorgan, aber wohl nicht nur meins: als ich eines Abends mit Nico unterwegs war, hielt ich an einer besonders ‚duftenden' Stelle die Luft an – ich drehte mich zu ihm um und sah, wie er sich die Nase zuhielt.

Was mich sehr betroffen macht, ist die 7-Tage-Woche der arbeitenden Bevölkerung. Nicht nur am Samstag, sondern auch am Sonntag sind die Geschäfte offen, der Fleisch- und Gemüsemarkt, die Supermärkte, die Kaufhäuser – wann haben die Leute mal frei? Als ich Natalie daraufhin anspreche, sagt sie, so ein, zwei Tage im Monat. Dadurch entsteht eine Art ‚Einheitsbrei' – alles läuft immer gleichförmig dahin ohne einen Unterschied. Bei uns setzt doch der Sonntag der Woche ein Glanzlicht auf – hier weiß ich oft nicht mal, dass Sonntag ist.

27. Kapitel

Nicos letzter Schultag – heute ist die Mathe-Prüfung. Natalie nimmt Kathi mit zum Hinfahren und zum Holen, ich bügle inzwischen die getrocknete Wäsche. Als ich die Mutter frage, was ich tun soll, bekomme ich wieder einmal zur Antwort „Irgendwas kochen". Ich schlage einen Schweinebraten mit Gemüse vor. Dazu hole ich alles, was ich brauche, auf dem Markt. Bevor ich gehe, schiebt sie einen Käsekuchen nach dem Rezept einer deutschen Freundin in den Ofen. Als ich zurückkomme, ist er fertig, und es duftet in der Wohnung. Später werden wir feststellen, dass er genauso gut schmeckt wie er riecht.

Ich bestreiche das Fleisch mit einer Kräuter-Öl-Marinade und richte das Gemüse her, das ich je nach Garzeit dazugebe – ich bin ca. 2 Stunden in der Küche, weil man den Braten alle 10 Minuten wenden soll. Diesmal essen wir alle zusammen, Nico bittet um eine zweite Portion – das freut die Köchin – und auch der Mutter schmeckts.

Nach dem Abspülen, Aufräumen und der Gute-Nacht-Geschichte gehe ich täglich noch eine Runde auf dem bewachten Areal spazieren, um Luft zu schnappen.

Als ich auf dem Rückweg die Haustür öffnen will, geht sie nicht auf – weder der eine noch der andere Flügel. Eine leichte Panik bemächtigt sich meiner – die drei schlafen schon, und der Vater ist nicht da, außerdem wüsste ich gar nicht, wie ich bei ihnen klingeln sollte. Eingedenk der Worte von Nico „Man muss das Ding schrotten" reiße ich mit Gewalt an einem Flügel, und …. er gibt nach! Puh! Bei der Kälte hätte ich nicht über Nacht draußen bleiben wollen!

28. Kapitel

Nico hat seine Prüfungen gut hinter sich gebracht, jetzt beginnen die ‚großen Ferien' für ihn – 30 Tage; na das wird ein Spiele-Marathon werden! Als erstes gehen wir mal auf die Post, d.h. ich gehe, Nico benutzt sein Snakeboard. Gegenüber liegt das Workers' Stadium – sieht aus wie ein riesiges Fußballstadion, und es hängen auch Plakate da, dass Sarah Brightman demnächst auftreten wird. Ich wusste gar nicht, dass man auf das Gelände davor gehen darf, es sah immer so abgesperrt aus, dank Nico gehen wir halb herum. Es gibt Geschäfte, u.a. mit Modellflugzeugen, Skikleidung, Autos und einer Harley – die muss er unbedingt fotografieren. Dann sehe ich einen älteren Mann mit weißem Bart, der ganz langsame, fließende Bewegungen macht, sich um die eigene Achse dreht – immer mit dem Gesicht zur Sonne. Ist das Tai Chi oder Qi Gong? Ich traue mich nicht, ihn zu knipsen, erst aus einiger Entfernung zoome ich ihn heran und drücke auf den Auslöser.

Dann findet Nico Kunstschnee – er macht einen Schneeball; ich sage, „leg ihn zuhause ins Gefrierfach, dann kannst Du ihn aufheben und allen zeigen", denn er ist hin und weg von dem Schnee. Obwohl wir in einer etwas unbekannteren Gegend sind, finden wir leicht zurück, nur der Schneeball wird immer kleiner, daheim angekommen sieht er aus wie ein Tauben-Ei. Er wird sofort tiefgefroren.

Neuerdings will Nico Bilder malen, aber auch nur, wenn ich mitmache. Er hat Bücher für verschiedene Altersstufen, die eine Anleitung zum Malen eines Bildes geben. Das ist recht hilfreich.

Natalie hat sich überlegt, wie Nico meine Anwesenheit für seine Deutsch-Kenntnisse am besten nutzen kann. Ich soll ihn während seiner Ferien täglich ein bisschen was schreiben lassen, z.B. eine Bildergeschichte, ein Diktat oder Grammatikübungen mit ihm machen. Da hab ich nichts dagegen, sofern ER mag.

Am Nachmittag hat er ein Spiel hervorgeholt, das er erst aufbauen muss. Es ist eine große Holzbahn mit vielen Rillen, über die Glasmurmeln laufen, durch Schließen mancher Löcher kann man die Murmeln umleiten – es ist ein schönes Spiel, und auch Kathi kann sich lang damit beschäftigen.

Wie putzig die Kleine sein kann, merke ich wieder, als sie mal ihr Joghurt ausschüttet und die Mutter genervt und vorwurfsvoll sagt: „Katharina!" Ungeniert wiederholt sie „Katharina" im selben Tonfall, wackelt mit ihrem Zeigefinger und fügt hinzu: „eieiei".

29. Kapitel

Heute können alle bis ½ 9 ausschlafen, Ting ist auch mal zuhause. Nico hat noch keine Lust, was Schriftliches zu machen – ich richte mich nach Natalie, sie wird ihm schon sagen, wenn er was tun soll. Am Vormittag muss ich wieder mal drei Kartons Wasser kaufen, das funktioniert so: ich gehe in den Laden, sage, was ich will, zahle das Wasser und der (im Bayrischen würde man ‚Hausl' sagen, im Chinesischen eher) ‚Kuli' wuchtet die drei Kartons mit vier großen Flaschen à 5l in einen Einkaufswagen und klappert damit auf dem unebenen Pflaster neben mir her bis zur Wohnung. Ich bedaure immer wieder, dass zwischen uns keine Verständigung möglich ist, weil er jedes Mal so freundlich lächelt und trotz der Aussichtslosigkeit ein Gespräch anfangen will.

Da mein Instant-Kaffee zu Ende geht, schaue ich mich im Laden um und kaufe – wie ich meine – einen billigen für 26.6Y, aber an der Kasse berechnet die Tussi plötzlich 80Y, na, das ist ja wohl ein Unterschied! So – wie bring ich der das jetzt bei? Ich hole das Preisschild vom Regal, aber das interessiert sie überhaupt nicht. Eine chinesische Käuferin hat alles mitgekriegt und mischt sich auf Englisch ein. Sie spricht Chinesisch mit der Kassiererin, einem jungen Ding, und sagt mir dann, sie hätten einen Fehler gemacht beim Auspreisen – sie entschuldigt sich mit einem mehrfachen ‚sorry'! Sie kann doch nichts dafür! Ich bringe die Dose zurück und kaufe eine andere, die kostet, was auf dem Schild steht.

Nach dem Mittagessen darf ich wieder raus (wahrscheinlich, weil jetzt beide Eltern daheim sind) – diesmal mache ich eine große Runde und gehe auch mal in Seitengassen.

Während die Eltern mit Kathi zum Fotografieren fahren, kommt Nico mit einem Freund nach Hause. Sie spielen mit ihren Star Wars Flugzeugen. Nachdem ich ihnen was zu essen gemacht habe, geht der Freund, und ich bespreche mit Nico ein paar ‚Vater-und-Sohn'-Geschichten – sie besitzen zwei Bücher davon. Überhaupt ist die Familie bestens versorgt mit Spielen, Kassetten, Videos, Büchern in mehreren Sprachen und Filmen.

30. Kapitel

Wieder ein Sonntag, der letzte für mich in China, wie sich später herausstellen soll.

Erst übe ich ein bisschen Deutsch mit Nico, dann muss ich Gemüse holen vom Markt, anschließend fahren wir alle mit dem großen Auto zu einem Restaurant.

Es soll ‚Hot Pot' (heißer Topf) geben: dazu wird eine viereckige Schüssel mit Gemüsebrühe in ein Loch in die Mitte des Tisches gesenkt, sie wird zum Kochen gebracht, dann bekommt man ein Schälchen Suppe davon, während die Brühe weiter von unten angeheizt wird. An einem Büffet hat man die Auswahl zwischen verschiedenen Ölen, Soßen, gerösteten Kernen, die man in einer Schale mitnimmt und in die man die Sachen eintunkt, die in der Brühe gegart wurden: dünne Fleischscheiben, Hackbällchen, große Knoblauchzehen, kleine ganze Fische, die zwar ausgenommen sind, aber noch leicht blutig (schluck!), lt. Nico braune Tofu-Scheiben (ich hielt es für Leber – Natalie sagte später, es wäre gestocktes Blut gewesen; geschmeckt hat es nach nichts). Bevor das Essen beginnt, bekommt jeder ein Schürzchen um, damit man die Kleidung nicht vollspritzt. Aus einem Spritzbeutel streicht eine junge Bedienung Seepferdchen-Paste in die Suppe. Gekocht sieht es aus wie Garnelen.

Ich habe geröstete Kerne und Erdnuss-Soße in meine Schale gegeben, das schmeckt gut zusammen mit den diversen gekochten Teilen. Etwas schwierig zu essen sind (für mich) die kleinen Fische – sie kommen grün aus der Suppe, daher will ich die Haut nicht essen, genauso wenig wie die Gräten. Das wird ein ziemliches Gefiesel. Als rohes

Gemüse liegen große Gurken- und Kohl-rabi-Stücke da, später kann man sich vom Büffet noch Orangen- und Pomelo-Schei-ben holen. Zu trinken gibt es gesüßten Tee oder Wasser – ha: wieder ein Wort gelernt: Natalie gibt meine Bitte um Wasser an die Kellnerin weiter als ‚shui‘; na klar, ‚feng shui‘ ist doch die große Mode in Europa.

Ich bin total satt, nachdem ich alles pro-biert habe – die Kinder sind inzwischen in einem Spielzimmer des Restaurants mit Aufsicht – jetzt kommt Ting eigentlich erst richtig zum Essen. Trotzdem bleibt wieder eine Menge übrig – das wird alles verpackt und nach Hause mitgenommen. Dann wird die Wärmezufuhr zum ‚Suppentopf‘ abgedreht.

Da Kathi im Auto quengelt, fährt der Va-ter sie und Natalie nach Hause, die beiden Herren und ich fahren weiter – ich weiß nicht, was ‚wir‘ vorhaben. Erst hält Ting am Workers‘ Stadium, denn Nico möchte in den nächsten Tagen eislaufen, braucht aber neue Schlittschuhe. Ting erkundigt sich nach den Öffnungszeiten – auch heu-te sind viele mit dem Schlitten auf dem künstlichen Eis. Dann fährt er weiter zu einem großen Einkaufszentrum (shopping mall) namens Parknew Green. Er parkt das

Auto in der Tiefgarage, dann fahren wir mit dem Aufzug. Nico weist mich auf eine Plastik hin: „Gleich wirst Du lachen" - da ist doch tatsächlich ein Stier, der einen fahren lässt (!), wodurch ein Mann vom Kopf des Tieres an die Wand geplättet wird. Das ist natürlich für viele ein tolles Fotomotiv.

Ting geht mit seinem Sohn zum Haareschneiden, ich soll in einer Stunde wieder vor dem Salon stehen. Der riesige Einkaufspark wirkt schon sehr verwirrend auf mich, aber ich merke mir den Eiffelturm in der Ecke, der – wie könnte es anders sein – in verschiedenen Farben blinkt; da muss ich in einer Stunde wieder hin.

Dann suche ich erst mal eine Toilette – schon der Hinweis ist eine Schau: aus der Decke streckt ein weißer Arm ein Schild mit den bekannten Zeichen für Männlein, Weiblein, Behinderte und Baby-Wickel-Raum. Jede Kabine ist ganz modern ausgerüstet mit beheiztem Klodeckel und einer Intim-Spülung: man beachte ‚front and rear cleansing' (für vorne und hinten). Das muss ich mal ausprobieren. Meine leise Angst, der Wasserstrahl könnte kalt sein, erweist sich als völlig unbegründet – die Temperatur könnte nicht besser sein. Ich bin beeindruckt!

Dann schaue ich mir auf den einzelnen Stockwerken die Geschäfte an: Mode direkt aus den USA, Chopard, Wempe, Zeiss, Hilfiger, italienische Schuhe, französische Bäckereien – na, nichts für arme Leute!

Beim ‚Eiffelturm‘ hätte ich gern eine Tasse Kaffee getrunken, da fragt mich die Maid aber nach einer Mitglieds(?)Karte, ohne die ich nichts bekomme, aber ich könnte sie käuflich erwerben. Na, das ergibt ja viel Sinn, wenn ich nur eine Stunde da bin! Ich lehne dankend ab und kaufe mir stattdessen eine Tasse Tee mit Milch im Hongkong-Café, wo es auch Mittagessen gibt. Die Stühle der einzelnen Restaurants stehen im offenen Raum, so kann man sehen, wer vorbeiflaniert.

Als ich mich vor der vereinbarten Zeit zum Friseursalon begebe, warten sie schon beide – kurz geschoren, Nico sieht ganz anders aus – und ich bekomme noch eine Stunde frei. Das ist mir sehr recht, denn ich habe bei weitem noch nicht alles gesehen - dieses Einkaufszentrum ist gleichzeitig ein Museum. Es gibt vier Ebenen und so viele verschiedene Exponate: z.B. zwei Skulpturen von Dalì (eine heißt ‚Geminis‘, also Zwillinge), mehrere rote Kühe, die an

einem halben Bogen erst hinauf, dann herunter wandern – auf die rote Farbe hat der
Künstler das Gerippe der Tiere gezeichnet. Dann ist da ein gelber VW-Käfer, der
ganz klein zusammengeknautscht ist, die
Polsterung und Sitze innen sind total ver-
schoben, so als hätte eine riesige Faust ihn
zusammengedrückt, ein Pfeil mit gespann-
tem Bogen, wobei der Pfeil ein liegender
Mensch ist und noch viele, viele andere. Es
gibt mehrere Eingänge, und so verlasse ich
das Kaufhaus, nur um draußen von neuem
überrascht zu werden. Unten im Hof ist ein
Wolfsrudel aus Bronze, auf das ein Mann,
der auf einem Stein steht, sein Gewehr
richtet – sie sehen aus, als ob sie im nächsten Moment über ihn herfallen würden.

Ich gehe um einen Teil des Gebäudes
herum und stehe vor einem riesigen sti-
lisierten Elch. Bei der Kälte will ich mich
nicht lange draußen aufhalten und mache
drinnen ein letzte Runde – in einem italie-
nischen Café finde ich eine Spirale, auf der
lauter Espresso-Tassen stehen – das ist die
Beleuchtung.

Zum Schluss suche ich noch einen kleinen Supermarkt auf – dort gibt es zwar alle
möglichen europäischen Marken (Lindt,
Tchibo, Cadbury), aber die Preise sind

nicht ohne. Natalie hat mal gesagt, dass die Waren bei der Einfuhr nach China stark besteuert werden.

Der Tee macht einen erneuten Toilettenbesuch nötig, den ich gern auf mich nehme, werde ich doch einem solchen Luxus nicht so schnell wieder begegnen!

Obwohl ich diesmal noch früher dran bin, warten die zwei schon wieder auf mich, Nico hat einen neuen Pulli bekommen.

Da seine Schule in der Nähe liegt, will er sie mir unbedingt zeigen. Also fahren wir kurz vorbei. Am schönsten ist eine Schule natürlich dann, wenn 30 Ferientage vor einem liegen, das kann ich verstehen.

31. Kapitel

Beim Frühstück teilt mir Natalie mit, dass die Schwester ihrer Mutter sie am Vorabend angerufen hat, um ihr von einer dringend nötigen Augenoperation der Mutter zu erzählen. Natalie ist völlig geschockt, sie meint sogar, die Mutter würde erblinden, wenn sie die OP nicht sofort machen ließe, d.h. sie will schnellstens (mit den Kindern) nach Russland fliegen, um ihr beizustehen und zu helfen, da sie das einzige Kind ist, und der Vater nicht bei der Mutter lebt. Ich falle aus allen Wolken, denn sie spricht gleich davon, dass wir vorher noch meine Rückreise organisieren müssen. Nico ist traurig: „Dann muss ich wieder allein spielen."

Da ich am Vormittag nicht gebraucht werde – in den ersten 10 Tagen hatte ich keine Stunde frei, nicht mal einen Sonntag; das hat sich jetzt geändert – drehe ich eine große Abschiedsrunde. Als ich an der Subway-Station ankomme, an der sich ca. sechs Straßen kreuzen, schaffe ich es, mich zu verfransen. Wie kann das sein? Als ich vor einer Woche vom Tian'Anmen-Platz zurückgekommen bin, hab ich doch auch gleich die richtige Straße erwischt. Ich lese was von Workers' Stadium, was ja nicht falsch wäre, aber die Straße, die dahin führt, hat überhaupt keine Geschäfte, dagegen bin ich sonst immer an vielen vorbeigekommen. Allerdings kann man sich auch nicht unbedingt an einem Starbucks-Café orientieren, denn davon gibts mehrere in der Umgebung. Naja, ich marschiere in einer mir völlig unbekannten Gegend so vor mich hin, versuche, meine ‚landmarks' (die beiden Eiffelturm-artigen Hochhausaufbauten) auszumachen und nähere mich allmählich der Gegend, wo ich mich wieder auskenne – 2 ½ Stunden hat der Marsch gedauert, aber ich habe nicht gefragt und von allein zurückgefunden!

Nach einem gemeinsamen Mittagessen fährt Natalie mit Kathi und mir zum Lufthansa-Center, um meinen Flug umzubuchen. Ja, wenn das so einfach wäre! Mein Ticket hat einen Sonderpreis und gilt nur am 15.3. - wenn ich zu einem anderen Datum zurück will, muss ich ein neues kaufen. Ein Einzelticket der Lufthansa kostet für die nächsten Tage um die 1000€ - weit mehr als mein Hin-und Rückflug zusammen. Auch Natalie kriegt einen Schreck, fragt nach einer anderen Gesellschaft, aber die Damen hier sind nur für LH und Austrian Air zuständig. Ich rufe mein deutsches Reisebüro an, das mir den Flug besorgt hat und schildere meine Notlage, frage auch, ob meine Reiseabbruchversicherung einspringt. Ich soll in einer Stunde nochmal anrufen, sie erkundigen sich. Da macht sich die siebenstündige Zeitverschiebung positiv bemerkbar. Während es hier in Peking Abend wird, ist in Deutschland erst der halbe Arbeitstag vorbei. Beim Nachhausefahren rede ich mit Natalie über meine Vermutung, dass die Versicherung nicht einspringen wird, da sie für Notfälle in meiner Familie abgeschlossen wurde. Sie sagt, dass sie die Kosten für den Rückflug übernehmen werden, was mich schon mal beruhigt.

Als ich wieder anrufe, bekomme ich zwei Vorschläge vom Reisebüro: der billigste Flug (um die 500€) geht in zwei Tagen mit der LOT – allerdings mit fünf Stunden Aufenthalt in Warschau), der andere mit AIR BERLIN über Abu Dhabi. Da der erste von der Abflugzeit her günstiger ist - der andere geht nach Mitternacht – entscheide ich mich für die LOT. Das Reisebüro schickt mir die genauen Daten und das E-Ticket per Computer an meine e-Mail-Adresse. Wie gut, dass das heutzutage so schnell geht. Als Natalie aber sagt, dass sie gar keinen Drucker haben, bin ich platt – die haben doch sonst alles: drei Handys, zwei Tablets, PC, Notebook. Aber sie beruhigt mich: es genüge die Ticketnummer, und außerdem sei ich registriert, wenn ich auf den Flug gebucht bin.

So - das wars dann: übermorgen Abflug um 08.45 von Peking, Ankunft in MUC um 17.50 nach dem Umweg über Warschau. Da hab ich gute Chancen, per Bus und Zug noch an diesem Tag nach Hause zu kommen.

Am Abend machen wir noch ein paar Spiele, Kathi hat an dem Tag ein verspätetes Weihnachtsgeschenk bekommen – ein Schloss mit zwei Prinzessinnen, aber auch das funktioniert nicht ohne Batterien, denn es soll Musik erklingen.

Ich gehe früh zu Bett - morgen muss ich packen.

32. Kapitel

Die vergangene Nacht habe ich nicht gut geschlafen im Gegensatz zu sonst, ich wurde oft wach. Vermutlich war auch der Cognac schuld, von dem mindestens noch ein Drittel in der Flasche war – er sollte ja bis 15.3. reichen, darum war ich sparsam, was sich jetzt rächt, weil ich die Flasche nicht im Koffer mit heim nehmen will. Also: vernichten und das auf zwei Nächte!

Am Vormittag fahren Natalie und Kathi wieder zum ‚Gymboree' – der Gymnastikstunde, die die Kleine mit den schon erwähnten zwei Worten umschreibt: ‚apart-together' (Beine auseinander und zusammen).

Ich bügle unterdessen; als ich fertig bin, will Nico wieder spielen, erst das Drachenspiel – bei dem er schummelt, damit er ja gewinnt; dann muss ich ein PC-Spiel mitmachen; da sehe ich erst, was für ein Unsinn das ist, man muss virtuelle Spielsteine vorwärtsbewegen, das könnte man genauso gut auf einem Brett mit der Hand.

Gestern hat der Junge plötzlich – nachdem er von meiner bevorstehenden Abreise erfahren hat – einen lieben Vers aufgesagt. Ich bitte ihn, mir den doch aufzuschreiben; er malt auch noch einen Nachthimmel und eine Eule dazu.

,Bald wird unsre Inge gehen,
ob wir uns mal wiedersehn?
Bitte, bitte, vergiss uns nicht,
denn wir denken auch an Dich.'

Ich vermute, dass die Schüler das Gedicht in der deutschen Schule gelernt und aufgesagt haben, wenn ein Mitschüler sie wegen des Umzugs der Familie verlassen hat. Nico bestreitet das, ER habe sich das Gedicht selber ausgedacht. Ich habe aber schon öfter bemerkt, dass nicht alles der Wahrheit entspricht, was er so von sich gibt – ich will es nicht als Lüge bezeichnen, sondern als zu viel Fantasie.

Natalie ermuntert mich zu einer Ganzkörpermassage – heute ist die letzte Möglichkeit. Ich entscheide mich erneut für den Massage-Tempel, wo ich schon war, dort ist alles tadellos, ich kenne die Preise schon, warum soll ich woanders hingehen?

Ich wähle eine japanische Ganzkörpermassage mit Öl (80 Min.) für 158Y (ca. 18€).

Ich werde in eine Kabine mit zwei Liegen geführt, eine junge Frau kommt, sie macht sofort den Fernseher an, aber ich mache ihr klar, dass sie ihn ausschalten soll. Diese Dauerberieselung ist nicht mein Fall, gerade zur Massage will ich Ruhe haben. Ich soll eine Kombination aus rosa Shorts und Shirt anziehen. Als sie mir aber die Öl-Flasche zeigt und ich nicke, muss ich das Oberteil wieder ausziehen, na klar, sie kann ja nicht das Hemd eincremen. Dann gehts los.

Ich liege auf dem Bauch, sie rammt mir ihre kleinen Fäuste in die Rippen, alles entlang der Wirbelsäule wird massiert – es ist die reinste Folter vom ersten Moment an. So eine Massage hab ich noch nie erlebt – ich hätte mich vielleicht für die thailändische entscheiden sollen. Dann – ich kann es zwar nicht sehen, weil mein Gesicht nach unten hängt, aber ich bin mir absolut sicher – steigt sie quer mit beiden Füßen auf meinen Rücken, tritt immer einen Fußbreit weiter die Wirbelsäule hinauf, wippt dazu von den Zehen auf die Sohlen, vor allem im Bereich des Brustkorbs meine ich, ersticken zu müssen, es tut schrecklich weh – ich war bisher immer der Meinung, Massage sei was Angenehmes, etwas, wobei man entspannen kann! Das hier ist eine Tortur! Ich frage mich: Hat die das schon mal gemacht? Und – hat es derjenige überlebt? Sie knetet alle Weichteile, ich muss mich umdrehen, sie drückt meine Unterschenkel gegen den Leib – ,he -hallo! Ich bin nicht mehr so beweglich!' Aber ich beiße die Zähne zusammen – ich werde nicht schreien! Plötzlich fragt sie was – ich kriege das Wort ,shui' mit - gut, dass ich am Sonntag im Restaurant den Begriff gehört habe, sie bietet mir ,Wasser' an. Durch die Fußmassage weiß ich schon, dass es einen Becher warmes Wasser gibt. Also nicke ich. Die Verständigung hat geklappt.

Jetzt zieht sie an meinen Armen, als ob sie länger werden sollten (ich denke an mittelalterliche Streckbänke), jeder Finger wird gedehnt, sie drückt mir meine Knie in den

Bauch. ‚Tut das alles weh!' Wenn die Wirkung so gut ist wie die Massage hart, dann müsste ich danach springen wie ein junges Reh. Ich versuche, ihr mit Gesten und englischen Wörtern zu sagen, dass ich morgen nach ‚Germany' heim fliegen werde – sie versteht nichts. Aber jetzt lässt sie einen Schwall Chinesisch auf mich einprasseln, von dem ich wiederum nicht EIN Wort verstehe. Als ich ihr am Ende der Tortur einen 20Y-Schein in die Hand drücke – sie hat sich sicher verausgabt – umarmt sie mich und küsst mich auf die Wange, ich bin ganz gerührt. Vorher hat sie dauernd auf ihr Abzeichen (eine Nummer und chinesische Buchstaben) gedeutet – sollte das heißen, ich soll wieder zu ihr kommen, wenn ich die nächste Massage nehme? Ich werde es nie erfahren. Sie hilft mir beim Anziehen und hält mir beim Rausgehen die Tür auf. Ich habe das Gefühl, mir tut nichts weh – seltsam. Ich gehe zum Markt und besorge die Sachen fürs Mittagessen, denn ich mache eine Hackfleisch-Lauch-Suppe. (wie passend nach dieser ‚Behandlung'!)

Zuhause schläft Kathi im Elternschlafzimmer und Natalie liegt auf der Couch. Für die Kleine sollte ich Kirschjoghurts kaufen, die sieht Nico in der Küche und fragt mich, ob er eins haben kann. Vorsichtig geworden durch meine einschlägigen Erfahrungen, sage ich, er soll die Mutter fragen. Er kommt mit hängendem Kopf zurück – er hat eine negative Antwort erhalten.

Ich hätte gern die Yuan, die ich noch habe, in Euro umgetauscht und das Geld für den Rückflug am besten gleich in Euro bekommen. Natalie gibt mir erst am Abend die Yuan nach dem offiziellen Kurs. Ich frage, wo ich das Geld wechseln kann, vielleicht auf einer Bank hier in der Nähe, aber sie behauptet, das seien kleine Filialen, die hätten keine Euro-Scheine. „Wo kann ich das Geld dann wechseln? Ich glaube, ich darf es nicht ausführen und vor allem kann ich es in Deutschland nicht umtauschen." „Auf dem Flughafen", heißt es. Hoffentlich haben die so früh schon offen!

Der Flug geht um 8 Uhr 45, ich frage, wann wir von hier losfahren müssen – um ½ 6, sagt sie. Nico will unbedingt mit zum Flughafen, ist aber ein bisschen irritiert wegen der frühen Zeit. Ting soll evtl. auch morgen weg fliegen müssen. Der letzte Abend ist geprägt von spielen und nochmal spielen mit dem Jungen.

Als es Bettgeh-Zeit ist, legt er sich in mein Bett und behauptet, er würde heute Nacht hier schlafen.

Ich sage ihm allen Ernstes, dass ich morgen sehr früh aufstehen muss und Ruhe brauche. Ich will mich gleich von ihm verabschieden, aber er lässt es gar nicht zu, behauptet steif und fest, dass er morgen früh mit zum Flughafen fahre. Immerhin geht er in sein Bett.

Meinen Handywecker stelle ich auf 4 Uhr 30 und mache den Koffer fertig, so weit es geht. Natalie hat mir das Riesenhandtuch als Souvenir von der Familie geschenkt, das sie für mich gekauft hatte – der Koffer geht kaum noch zu, der Reißverschluss dehnt sich verdächtig – hoffentlich geht er nicht beim Umladen in Warschau auf. Am liebsten würde ich ihn einschweißen lassen, aber ob ich die Stelle im Flughafen finde UND die Zeit dazu habe?

Und wieder scheint ein gelber Vollmond zu meinem Fenster herein – bei meinen nächtlichen Spaziergängen habe ich beobachtet, wie er allmählich größer geworden ist. Diesmal verheißt er mir die Heimreise, die ich zwar einigen Freunden mitgeteilt habe, nicht aber meiner Familie, weil ich sie überraschen will.

33. Kapitel

Der Wecker klingelt. Ich mache mich fertig, trinke Kaffee und frühstücke ein bisschen was. Ich weiß nicht einmal, ob Ting von Natalie erfahren hat, wann ich am Flughafen sein muss, ebenso wenig, ob er auch weg fliegt, denn gestern Abend war es noch nicht sicher, er kam ja auch wieder erst heim, nachdem alle im Bett waren.

Es rührt sich nichts – daher gehe ich zu Natalie ins Schlafzimmer; sie ist wach, ich sage, dass es schon nach 5 Uhr ist und frage, ob Ting mich fährt oder Nico mitkommt. Kathi macht kurz die Augen auf und zu, Natalie sagt, ja, Ting fliege auch weg – nur kurz nach mir – daher könne Nico natürlich nicht mitfahren. Sie will wissen, von welchem Terminal ich abfliege – ich habe keine Ahnung – es gibt DREI. Ich kurble den PC an; in der Mail aus dem Reisebüro steht nichts. Ich will mich von Nico verabschieden, aber der ist nicht wach zu kriegen. Endlich steht Ting auf, er behauptet, dass ich zum Terminal 3 muss. Gottseidank, dass wir nicht noch suchen müssen. Er selbst fliegt um 8.50. Ich wünsche Natalie alles Gute, auch ihrer Mutter, und sage, sie solle die Kinder grüßen.

Wie immer ist der Vater in fünf Minuten fertig, nimmt meinen Koffer, und wir fahren in die Tiefgarage. Ich hatte auf Nico gehofft zum Dolmetschen wegen des Geldwechsels usw., aber das wird leider nichts. Unten angekommen stellt Ting fest, er hat sein Tablet oben vergessen – also nochmal zurück. Der Koffer und ich sollen unten warten – OK! Endlich sitzen wir im Auto, aber an der Ausfahrt ist keiner, der die Schranke aufmacht. Das alles zerrt an meinen Nerven, denn ich denke mir, dass es eine ziemliche Strecke ist bis zum Flughafen. Schließlich erreichen wir die relativ leeren Straßen, es ist stockdunkel, als erstes zündet er sich mal eine Zigarette an (das ist sozusagen sein Frühstück) – er ist ja ein starker Raucher, allerdings tut er es nicht in der Wohnung. Ich sitze im Fond, weil er auf den Nebensitz seine Tasche geworfen hat. Ich frage auf Englisch, wohin er fliegt. Er nennt einige Orte; so weit ich verstehe, kommt er erst am nächsten Tag heim, aber er hat kein Gepäck dabei.

Nun befinden wir uns in der Prärie, Peking liegt hinter uns, und er hält plötzlich auf einem leeren Gelände mit Bewachung. Ich lese aus seinen Gesten, dass ich sitzen bleiben soll, er geht weg. Ich habe nicht die leiseste Ahnung, was wir hier machen, es ist immer noch rabenschwarz. Mir wird bang und bänger – erreiche ich mein Flugzeug rechtzeitig? Und der Geldumtausch? Ist das doof, wenn man sich nicht verständigen kann. Als er nach langer Zeit (so scheint es mir) zurückkommt, zeigt er an, dass er nach einem Taxi telefoniert hat, das Auto bleibe hier auf dem AUDI-Gelände stehen. Alle meine Gepäckstücke werden ins Taxi verladen, aber statt auf einer Straße vorwärts zu fahren, dreht der zwei Mal um. Kennt er sich etwa nicht aus oder muss er in die Gegenrichtung fahren und darf nicht links abbiegen? Die beiden reden Chinesisch miteinander, aber gleichzeitig spricht Ting ins Handy. Der Chauffeur gibt mir noch eine Abschiedsvorstellung in Sachen Schleim-aus-dem Fenster-Spucken.

Wir kommen irgendwann mal an, Ting zeigt mir, wo ich einchecken muss und will dann davonlaufen. Ich weiß nicht, ob er nochmal wiederkommt und halte ihn kurz auf, weil ich wissen will, wo ich die Yuan in Euro umtauschen kann. Er sieht kurz umher und beschreibt mir den Weg. Mann, ist das ein Stress! Die Warteschlange am Check-in ist auch lang. Ich schaue immer wieder mal nach hinten, ob er nicht doch wieder auftaucht, so gar kein Wort des Abschieds wäre schon komisch. Gerade als ich an die Reihe komme, steht er wieder da – er hat inzwischen sein eigenes Ticket gekauft. Das ist gut, denn die Chinesin fragt mich was, das ich nicht verstehe – er mischt sich ein, sie ist zufrieden. Im Nachhinein wird mir klar, dass sie ,final destination Munich' gesagt hat, was bedeutet, dass der Koffer nach München durchgehen soll (ich muss ja in Warschau umsteigen) und ich gleich zwei Bordkarten bekomme, ich hätte ihr stark akzentuiertes Englisch nicht verstanden.

Glücklicherweise ist er mir noch behilflich beim Geldumtausch – er rennt wie ein Wiesel, ich keuche mit meinem schweren Rucksack und der Handtasche hinterher. Für über 5000Y bekomme ich nur etwas über 500€, 6€ betragen allein die Gebühren, und der Kurs am Flughafen ist natürlich auch ganz schlecht. Wenigstens kann ich damit den Flug bezahlen. Ting und ich fahren im Transfer-Zug zu Terminal 3, er muss bei D aussteigen (Inlandsflüge), ich bei E. Wir verabschieden uns, er zeigt durch Gesten, dass ich daheim eine Mail schreiben soll, winkt nochmal von der Rolltreppe herunter, und weg ist er.

Jetzt bin ich ganz auf mich gestellt.

Der Flug geht relativ pünktlich ab, es sind wieder 9 ½ Stunden Flugzeit, aber dann kommen diesmal die Wartezeit und der zweite Flug (nochmal 1 ½ Stunden) dazu. Auf LH-Flügen sind die alkoholischen Getränke kostenlos, nicht so bei der LOT. Zu essen gibt es ein erweitertes Frühstück, d.h. mit einem zusätzlichen warmen Gericht - ich nehme das mit Tofu, das ein bisschen scharf ist, aber gut schmeckt. Ich döse so vor mich hin. Kurz vor Warschau gibt es noch eine Wurstsemmel und um 11.10 Ortszeit landen wir. Der Himmel ist grau, und es schneit ein bisschen.

Da ich die fünf Stunden Wartezeit überstehen muss, will ich mir eine belegte Semmel und ein kleines Wasser kaufen. Polen hat ja noch seine eigene Währung, also frage ich erst, ob ich mit Euro zahlen kann. „Ja, aber Sie bekommen Zloty zurück.". Ich frage, was ich für das Restgeld bekomme: „einen Espresso." OK. Ich nehme die Flasche und die Tasse und setze mich an einen Tisch in der Hoffnung, dass meine Semmel vielleicht auch getoastet wird wie bei einigen anderen, die dann aufgerufen werden, wenn sie fertig ist. Es geschieht nichts. Nach einer Weile zeige ich der Kassiererin meinen Zettel und frage nach. Antwort: „Für 5 Euro gibt's nur ein Wasser und den Espresso." Diese Halsabschneider! Jetzt müsste ich einen Zehner nehmen, weil der vorige mein einziger 5€-Schein war. Ich mag aber nicht und beschließe, lieber die letzte Banane aus Peking zu essen. Auf dem letzten Flug wird's doch wohl ein Häppchen geben. (Haha! - die Lachnummer kommt noch!)

Endlich ist die Zeit des Einsteigens da, und als ich in die Maschine komme, wird mir schon klar, dass es hier nicht viel geben kann, denn der Gang ist so eng, dass gar kein Essenswagen durch passt. Das wird spannend.

Wir haben die Flughöhe erreicht, es werden Getränke ausgegeben: jeder bekommt ein Glas stilles Wasser – dazu braucht man nur ein paar Plastikbecher und einige Flaschen – Auswahl gibt es keine. Danach kommt auch noch das ‚Essen' – eine kleine Schokoladenwaffel. Ich bin überwältigt.

Als ich kurz vor 17 Uhr in München aus der Maschine steige, knurrt mir der Magen, ich bin zum Umfallen müde und mit Entsetzen denke ich an die Fahrten, die mir jetzt noch bevorstehen – Bus, zwei Mal Zug, Taxi – und das alles mit einem inzwischen 25kg-Koffer, schweren Rucksack und ebensolcher Handtasche. Doch kaum bin ich mit meinem Koffer durch den Zoll, lacht mir ein vertrautes Gesicht entgegen – meine gute Freundin G. steht vor mir. Ich habe mein Handy erst an der Gepäckausgabe wieder eingeschaltet und sah einen entgangenen Anruf von ihr zu der Zeit, als ich in Warschau auf dem Flughafen herumbummelte. Ich wunderte mich noch, aber sie erklärt mir jetzt, dass sie hören wollte, ob alles wie geplant laufen würde, da sie mich mit ihrem Auto abholen wollte – wovon ich nicht die geringste Ahnung hatte. Trotz der Ungewissheit ist sie hergefahren – ich freue mich unendlich.

Gemeinsam beschließen wir, meinen Magen noch ein bisschen knurren zu lassen und unterwegs zu Abend zu essen. Sie meint, wir könnten die Reise mit einem Essen beim ‚Chinesen‘ abschließen, aber ich habe von China fürs erste genug und wähle - den ‚Mexikaner‘.

Jan./Feb.2014   Ingeborg Treml

Ingeborg Treml, Jahrgang 1953, wurde im Fichtelgebirge geboren und lebt seit 30 Jahren im Bayerischen Wald.

Im Herbst 2013 suchte die Autorin einen möglichst weit entfernten Ort und eine Tätigkeit, um sich nach dem Tod ihres pflegebedürftigen Partners neu zu orientieren. Da sie immer „einen guten Draht" zu Kindern gehabt hatte, kam ihr die Organisation ‚Granny aupair' mit Sitz in Hamburg wie gerufen, die den Kontakt zwischen suchenden Großmüttern und suchenden Familien, die Unterstützung wollten, herstellte.

Das unfassbare Leben des Hansi L.

In diesem Buch schildert Ingeborg Treml das facettenreiche Leben des Hansi L., so wie er es erzählt hat: angefangen von der Kindheit auf dem Lande über die Ausbildung zum Koch, die Jahre bei der Seefahrt mit den damit verbundenen menschlichen Abgründen. Er verschweigt die kriminellen Handlungen nicht, die er in seinem Leben begangen hat und berichtet freimütig über seine vielfältigen Erlebnisse als Gastwirt. Offen spricht er über sein Verhältnis zu Frauen, über seine schwere Erkrankung und den darauffolgenden Kampf zurück in ein relativ normales Leben.

ISBN 978-375970339-2
Paperback: € 15,90
https://buchshop.bod.de

Weitere Abenteuer als Granny Aupair

Leben wie Gott in Frankreich???

Als Granny aupair in Paris

74 Seiten, Softcover

ISBN 978-375974256-8

€ 8,00